中国专业作家作品典藏文库

中国专业作家作品典藏文库

王棵卷

有关艾贷贷的一切

王棵／著

YOUGUAN
AI DAIDAI DE
YIQIE

中国文史出版社

图书在版编目（CIP）数据

有关艾贷贷的一切／王棵著. －－北京：中国文史
出版社，2021.3

（中国专业作家作品典藏文库. 王棵卷）

ISBN 978－7－5205－2850－4

Ⅰ．①有… Ⅱ．①王… Ⅲ．①长篇小说－中国－当代
Ⅳ．①I247.5

中国版本图书馆 CIP 数据核字（2020）第 255977 号

责任编辑：牟国煜　薛未未

出版发行：**中国文史出版社**

社　　址：北京市海淀区西八里庄路 69 号院　邮编：100142

电　　话：010－81136606　81136602　81136603（发行部）

传　　真：010－81136655

印　　装：北京新华印刷有限公司

经　　销：全国新华书店

开　　本：720×1020　1/16

印　　张：16　　　　　字数：165 千字

版　　次：2021 年 3 月第 1 版

印　　次：2021 年 3 月第 1 次印刷

定　　价：56.00 元

目 录

第 一 章

1

艾贷贷的前夫们，这是一个微信群的名字。正如群名所示，群成员是一位名叫艾贷贷的女士的几位前夫。目前群成员有三个人，分别是老大赫炜、老二毕战群、老三汪小白。这一排序是依据他们与艾贷贷结、离婚的次序形成的。以年龄为次序排列，就是另一种顺序：三人中，毕战群最年长，三十五岁，排第一；二十九岁的赫炜第二；汪小白要下个月才满二十六岁，依然是老三。该微信群半个月前由汪小白创立，作为群主，汪小白在群里却不活跃。其实毕战群也不活跃，唯一活跃的那位是赫炜。可以这么说，这个群几乎就是专属于赫炜的脱口秀演艺吧。

赫炜的发言，通常都聚焦于对艾贷贷的吐槽。这也正是汪小白、毕战群在群里慢慢选择了沉默的原因。虽然汪小白和毕战群也跟赫炜一样被艾贷贷伤过，但他们没有赫炜那么恨艾贷贷，就难以产生吐槽艾贷贷的兴趣。他俩又不习惯去附和赫炜的吐槽，索性就装聋作哑了。

现在是周六上午十点来钟，赫炜又上来吐槽艾贷贷了。

"我们这个微信群，眼下有老大我、老二毕哥、老三小白，还是显得有点冷清啊。什么时候会有新成员进来啊？我想应该快了吧？一定会有新成员进来的对吧？一定会来的。绝对会来。一个两个三个，老三老四老五……会源源不断地进来，否则，对不起我们前妻结婚、离婚的优秀习惯。我们前妻难道不是有结婚、离婚的习惯吗？一个女人在不到三年的时间里结婚、离婚三次，结婚、离婚这样的循环当然已经大概率地变成她的一种习惯了，对不对？"

打开群记录里赫炜发出的不同语音条会发现，与之雷同的意思他总在表述，不同的表述方式，产生不同的效果，有的还自成其趣，比如，昨天这条语音是以小品演员的腔调发出来的：

"这是一个虚位以待的前夫群。老四！你是谁，从事什么职业，你现在哪儿，是高是矮是胖是瘦，是金主还是屌丝，是黏人的小王子，还是用专横掩饰性无能的伪总裁，是机灵鬼还是网络空间里举目皆是的脑残，是异性恋还是同性恋，这些，都不重要，重要的是，你的命运很快就会和我们这三个哥哥联系到一起，此后同呼吸，共命运。亲爱的老四，加快速度，快过来报到。哥哥们敞开怀抱等着你。至于老五老六老七老 N 们，请先移步取号机，耐心排队等候。加油！老四。"

下面这条是前天的。这条就专注于对赫炜所认为的必然会诞生的艾贷贷的新前夫的直接喊话了：

"老四！哎！我说老四，反正你是要跟艾贷贷离婚的，所以呢，我奉劝你直接来这儿报到。对！你理解得没错，我的意思是说，你在跟艾贷贷好上之前，先到这个群来报个到，然后呢，你每天一边跟艾贷贷好，一边到群里来报告你们的关系退化进程，我们这些哥哥们好给你掐着秒表倒计时，这样是不是很好玩？"

这些意思雷同的语音条，加上赫炜刻意为之、声情并茂的不标准播音腔，归纳起来就是一句来自灵魂的呐喊：艾贷贷，我赫炜祝愿你一辈子沦陷在结婚、离婚的死循环里，永远走不出来。

这不仅仅是吐槽了，是诅咒。有时候，汪小白在这边收听赫炜诅咒艾贷贷的语音，觉得赫炜过分了。得有多恨，才会去诅咒一个曾经跟自己同床共枕的女人啊？汪小白也会因为赫炜的这些诅咒后悔建了这个群。微信群这种东西还是要慎建，该建的建了，皆大欢喜，不该建的建了，就只能证明一件事：人的嘴到底有多贱。特别是前夫群这种奇特事物。艾贷贷的首席前夫赫炜当下的表现说明：不是所有的关系都适合组团，当几个男人因为是一个女人共同前夫的原因，组合成了一个团队，那一定是一个长相畸形的男团。

汪小白有时也会在心里默默替艾贷贷感到悲哀。艾贷贷知道自己眼下正被三位前夫同仇敌忾了吗？这三个人，一个天天在群里诅咒她，另外两个天天充当那声声诅咒的忠实听众，她要是知道这件事情，会不会气得半死？

2

半个月前，也就是汪小白与艾贷贷办完离婚手续不几日后的一天，汪小白忽有些怀念与艾贷贷在一起的时光，犹豫再三后决定约艾贷贷出来坐坐，给她发微信，这才发现，她已经删除他并拉黑了，再去拨她的电话，她原来的手机号已停用。

汪小白大多时候思维比较静态，他是个凡事不愿意上心、上脑的人。汪小白到此时还没有想得太多，所以尚且还能理解艾贷贷的所作所为，只不过，他想见到艾贷贷的心思照旧。汪小白就去她的住处找，却发现人去楼空，她已经搬走了。紧接着的一天，汪小白在链家 app 上看到艾贷贷的房子在上面挂着，这个时候他才开始觉得不对劲。汪小白扮作想买房子的人去链家要求约见房东，但接待小哥说房东委托链家全权处理房产转让事宜，不直接跟买家接触。汪小白问："如果我一定要跟房东本人商谈呢？"小哥想了想，把艾贷贷当下正在使用的手机号发给了汪小白。

这是个什么时代呢？一个人只要在任何一个地方登记了电话号码之后，紧接着会收到各种各样的骚扰电话，个人信息如此容易泄露，就算那链家小哥偷偷把艾贷贷的电话给汪小白，艾贷贷也难知道她的电话号码是那链家小哥泄露的，这也正是那小哥愿意把艾贷贷的手机号告诉汪小白以便送这位潜在客户一个人情的原因。汪小白从链家那里拿到的当然是艾贷贷正在使用的新手机号了。

"贷贷！我是小白。你不要挂电话，听我说……"

电话接通汪小白就大声而急切地说了起来……才说了这么几句，对方就把电话挂掉了。这个电话里，艾贷贷一声都没有吭过，弄得汪小白还在那儿想，难道我打错电话了？他赶紧打电话给那位链家小哥确认，没错！就是艾贷贷的新号。汪小白重新拨打，艾贷贷却又已经把他的号码屏蔽了。

这是闹的哪一出？汪小白一贯静态的思维终于运动了起来。要说他和艾贷贷也算是和平协议离婚，他不觉得艾贷贷有任何理由现在连跟他说一句话也不愿意，人是可以如此绝情的吗？汪小白不能接受，他觉得非得见到艾贷贷不可了，他要当面问清楚，她到底是怎么回事？汪小白就去艾贷贷就职的银行找她。

"她辞职了！"银行接待汪小白的人说。

"辞职去哪儿了？"

接待汪小白的那个人，在汪小白的再三请求下，不耐烦地去问了两个跟艾贷贷私下里有交往的同事，回答都是：不知道她到哪里高就了。

汪小白算了算，艾贷贷辞职时间就是他们离婚手续办完次日。为什么刚离婚就辞职？汪小白这时忽然觉得，她换电话、卖房子、拒接电话、屏蔽他、辞职，都是为了让他找不到她。可她为什么要如此费尽心机地躲避他呢？宁愿不要工作，也要躲避他？工作多重要啊，为了躲避他，连工作都可以不要？那她不工作的话吃什么、喝什么？还是她改了行当？

可眼下是什么年景？瞧瞧这些让人目不暇接的名词和标题：

5

地产寒冬，股票寒冬，娱乐业遭受重创，又一家老字号的传统报纸停刊，智能机器人将取代许多工种，某行业又掀起一拨裁员潮……这是要共克时艰的一个时代啊，这样的困难时期，守住一份专业对口的工作都难呢，屌丝逆袭的故事只生存在公众号的鸡汤文里，现实中谁真正做逆袭梦那是找死。改行能端得住饭碗？太难了。

不可能！艾贷贷不可能改行。她是真的不再工作了。

她真没必要这样干。说实话，汪小白虽然与艾贷贷最终走到了离婚，但在汪小白的感觉中，他们这短短两个多月的婚姻其实也不能算失败。事实上，在汪小白的感觉里，这段婚姻还是比较幸福的。如果不是艾贷贷执意要离婚、软硬兼施逼他离婚，如果不是他还爱着她，他是不会同意跟她离婚的。爱她，就要满足她的意愿，她非要离婚，那就离吧。这就是汪小白当时的心态。如此说来，汪小白答应跟艾贷贷离婚，还带了点儿自我牺牲精神哪。汪小白就是这么个跟一般人不太一样的人。对了！离婚前后几日，汪小白还在那儿异想天开：艾贷贷这人有点偏执，说不定她执意离婚就是一时偏执劲儿上头，说不定哪天这偏执劲儿过了，她又偏执地找上门来求他复合呢。汪小白幼儿园的一位女同事专门为汪小白创造了一个词：天真癌患者。汪小白的天真程度，可见一斑。一个天真至极的人，想法怎么奇怪都不为过。

汪小白如今在这座城市的一家知名国际幼儿园当老师。在中国，来自国外的幼儿园老师，通常都把这份职业当成找到正式工作前的一个跳板，一般他们在幼儿园都干不长，少则两个月，多则一年半载。虽然大学是在中国西南地区极著名的那所大学读的，但汪小白是泰国长大的，英文又好，本质上跟别的外教没什么两样，像他这种情况，大学毕业到现在三年来都在同一家幼儿园当老师，是很少见的。大概谁也没有汪小白那么天真烂漫，就谁都没有他那么适合干一个幼教吧。汪小白现在的同事们都这么解释他的"从一而终"。对了！汪小白是同事们给他取的绰号，喻指他是个社会小白，他工作证上的中文名是汪一博，但他特别喜欢"汪小白"这个名字，所以慢慢大家都喊他"汪小白"了。

汪小白虽在泰国长大，但父母都是中国血统。他童年、少年时期几乎都是在曼谷度过的。十九岁时，他选择到中国留学。大学他学的是插画专业。毕业后，他毫不犹豫地选择留在这座西南地区首屈一指的中国大都市工作。泰国人来中国留学的很少，相对而言，他们更喜欢的国家是日本。如果非要在亚洲国家留学，他们就去日本，至少也要去韩国。中国是他们的末位选择。泰国人来中国工作的更少。只能说，大学选在中国、工作地同样选在中国的汪小白，完全没有受到一般泰国人思维的影响。

还有一个原因，在汪小白看来，这座一年四季阴天居多的城市里，本地人是比较圆滑的。圆滑这种东西，是个中性词，你可以说它好，也可以说它不好，不管你怎么看待它，你都得认同它的一个特别的功能，那就是，它会带来一种看起来你好我好大家都好的气氛，这气氛如果变成了一个城市的气氛，那么这个城市就产生了一种暧昧感。照汪小白看来，中国那么多的城市里，满城蔓延着这种暧昧感的城市，只有这一座。汪小白是个凡事不求甚解的人，这种性格也常给人带来暧昧感。虽然他与这座城市，都拥有暧昧，但他的暧昧和它的暧昧，本质还是有区别的。区别归区别，终归都是暧昧，所以汪小白和这个城市是搭调的。

说回到艾贷贷。汪小白就去联系他所认识的艾贷贷的两个朋友，却得到了一致的回应：艾贷贷从他们的生活中消失了。在这二人的微信里，打开艾贷贷账号，他们无一例外看到的是一条下面无尽空白的横杠——她把他们所有人都删除了。

这就太奇怪了。有多么重要的理由，让一个人要跟所有朋友切断联系呢？好像并没有。如果有，那就是——这个人出事情了？

艾贷贷这么一个弱女子，孤身一人生活在这样一个人口千万级的大都市里，什么样的意外都是可能发生的。汪小白担心起艾贷贷的安全来。难道她真的出事了？对！一定是出事了，否则她不会这样。

汪小白本来想报警，想想那终归还是他的一种猜测，报警太夸张。但还是得找艾贷贷啊。却似乎没有其他人可以找了。等等！艾贷贷不是还有前两任丈夫吗？找他们。

在此之前，出于某种可以理解的心理，汪小白其实是不愿意跟艾贷贷的另两位前夫有任何交集的。如今，为了艾贷贷的安危，已经顾不了那么多了。

要找到艾贷贷的两名前夫比较容易。之前，汪小白从艾贷贷那里得知，艾贷贷的首任前夫是个成功青年才俊，还是某商会秘书长，他记得那个商会的名称。汪小白找到了这家商会，却得知商会秘书长不是赫炜，但赫炜确实在这家商会做过一阵子事，汪小白就托商会的人打听赫炜，还真打听到了。找毕战群也很容易。毕律师在业界有颇高知名度，百度百科都有他的专页，他还经常上微博，汪小白直接在微博上私信他，就这样联系上他了。

找到赫炜和毕战群后，汪小白得到了如出一辙的一个令他震撼的意思：

不用担心艾贷贷的安危，她不会有事。绝对不会有事。担心她的安危，那是你汪小白太不了解她了，太单纯了，太幼稚了，太不知道人性可以邪恶到什么程度了，你这种在全民信佛的泰国长大、刚在中国这块热土上混迹了几年的人，太不了解中国的国情了，你就是个对当下中国社会的复杂性一无所知的人间小白痴。为什么这么说呢？请听我们仔细为你道来。其实，艾贷贷现在对你汪小白所做的，之前已经做过两次了。没错！你没有听错。之前，她艾贷贷与赫炜离婚、与毕战群离婚后，都玩了同样的一出戏码。这一次，她无非是故伎重演而已。哪来什么人身安全问题？没有！有的全是套路——她艾贷贷的套路。她就是个骗子嘛。她与赫炜结婚、与毕战群结婚，都是带有目的的，并且结婚前她就想好要离婚，达到了目的后，马上就离婚。与你汪小白结婚、离婚，当然也是她一手的设计，一次精心的策划和算计。

赫炜和毕战群如是说。

那么她的三次结婚、离婚，目的分别是什么呢？跟赫炜结婚，是为了得到他的一笔几十万的资助和一套房产。跟毕战群结婚，还是为了钱，她跟毕战群结婚半年间，以消费的理由，使毕战群陆续往她的账户转入十几万的钱。不过，作为一名律师的毕战群脑袋何等精密，结婚半年后，他识破了她与他结婚的动机，火速与她办理了离婚。

跟他汪小白结婚，目的又是什么呢？在赫炜看来，也还是为了钱。因为证据摆在那儿，像她对待毕战群那样，与汪小白结婚后，她始终在用各种招数促使汪小白把账户里的钱转入她的账户。可惜汪小白是个收入不高的幼教，挣的钱差不多只够自己花。汪小白那个如今生活在曼谷、妻妾成群的父亲从小对他百般苛责，苛责到了精神虐待的地步，汪小白出于尽可能跟他撇清关系的目的，十八岁后从不接受他的资助。婚前，汪小白银行卡里的钱只有几万块，这笔钱是他业余时间接画插画的活儿攒下来的。本来，这笔钱应该作为他跟人合伙开一个泰国餐馆首笔资金。在这个城市开一家泰国餐馆，是他来中国后的梦想。可就是这几万块钱，汪小白也全给艾贷贷了。这在赫炜看来就是证据。

当然，汪小白与艾贷贷婚姻存续期间也给她转账的事情，是他们在交流过程中，汪小白自己说出来的。

然而，也许是才刚离婚，汪小白还置身于迷局之中，他并没有能力像赫炜和毕战群那样以旁观者的身份为过往这场婚姻下一个精辟的结论。如果真要下一个结论，汪小白愿意相信艾贷贷是因为喜欢他简单、超然，甚至有点搞笑的性格。艾贷贷自己的性格多少是有点问题的，容易焦虑、紧张、生气，她对人不太有信任感，动不动就疑神疑鬼，搞得自己整夜整夜地睡不着觉。像汪小白这种整天笑容满面的单纯男人，对她这种有人格缺陷的女人，是有治愈功能的。但愿如此吧，否则汪小白真是会不开心。如果事实证明他也像赫炜所论定的那样，属于被艾贷贷骗了一场，他是万万不能接受的。

作为一个男人，谁也无法忍受自己的婚姻是来自对方的一场设计，就算汪小白是别人眼里的天真癌患者，也照样不能接受。

汪小白照照镜子。镜子里的他眼神无辜，面容恬静，笑起来一嘴大白牙。这副样子像容易被女人设计的男人吗？像！再像不过了。给汪小白取那个绰号的女同事还曾说过："我看到你这副样子的男人，就想掐你、捏你、打你、蹂躏你、教导你、训斥你，哈哈！"女同事那是玩笑话，但现在汪小白看着镜子里那张纯洁的男人脸，确实找不到任何具有杀伤力的点。

一种虚弱感在汪小白的身体里上下游动。汪小白要找到艾贷贷，一定要找到她。为了让自己得到一个准确的结论，汪小白也必须找到艾贷贷。这也正是汪小白找到另两名前夫主张建立了这个前夫群的原因。

3

赫炜在对艾贷贷吐槽够了之后，进入了他的正题。大周末十点钟的这个时间，原本是他补觉的时间，仅仅只是为了吐槽，他可能不会这么早跑到群里来讲话，他是有更加重要的事情要到群里来宣布，什么事情呢？他帮汪小白打探到艾贷贷的行踪了，更令人期待的是，他们仨，特别是他颇感好奇、期待的他们的"老四"，这次也一并出现了。

"老大、老三，我终于知道我们的老四是个什么人了。我发给你们看。"

照片是一个三十岁上下男子的大头像，这个人头发偏长，略卷，发量过于充沛，中分发型，发质油腻，额头有一撮头发染成了灰绿色，一种深度油腻感控制了他的肤色，使他看起来肮脏且粗俗，此人的笑容有种凌驾于众生之上的傲慢感，令他显得特别自我。这是个满头满脸充斥着那种郊外小老板身上所特有的俗气但自我感觉良好的气息的男人。

"这个人，极有可能就是我们的准老四。"

赫炜又开始表演脱口秀了。

"我一开始是不能接受的。我靠！盼星星，盼月亮，盼来了这么样的一个老四，我有点消化不了。我们前妻知道我们急待引进一个新前夫入群，故意整我们？还是她这次吃错药了？瞎了眼了？哪根神经搭错了？我们对她要求也不太高啊，也没叫她非得去找一个像我们老三那样'天姿国色'的大帅哥，但也不能找这么个油腻的家伙啊！"

汪小白仔细端详照片上这个"油腻的家伙"，确实感到有点意外。

"总体来说，我们三个人的颜值都还是很过得去的。这说明咱们前妻的择偶标准里，颜值是必须项。怎么这回不是必须项了呢？咱们前妻改口味了？自暴自弃了？随着离婚次数增多、年龄渐长在婚姻市场上贬值了，于是就只能找到这种等级的男人了？"

毕战群忽然说话了。

"小赫，你是不是弄错了？你有什么证据来证明这个男的现在跟艾贷贷在一起了？"

"我当然有证据。我这儿不止一张照片，是一组照片。"

赫炜马上往群里发了第二张照片。

这一次，照片里除了刚才那个油腻男子之外，还有艾贷贷。

艾贷贷为什么总是那么漂亮啊？大眼睛、尖下巴、饱满的苹果肌，这张脸简直就是一副整容模板。喔！这可说得太对了！前夫们可以集体作证，这确实不是艾贷贷原装、本真的长相。

她的一边嘴角总是微微扬起，与之对应的，是微微眯起的眼睛，二者组合在一起，就是一种似笑非笑的表情。这种表情带给别人的感受就是，这个女的有点孤傲，有点拒人千里之外，还有一种神秘感。总之艾贷贷身上有种特别的气质。当初，汪小白就是被艾贷贷的这种独特气质迷住继而爱上她的。赫炜和毕战群当初爱上艾贷贷，跟这个原因多少也有点关系。

汪小白盯着这张合影里的艾贷贷，有点走神了。在此期间，他下意识地保存了这张照片。照片上的艾贷贷，被那个油腻的男子拽着胳膊，男人还把头靠到艾贷贷的脑袋上，尽管，艾贷贷的表情有点复杂。

赫炜说得对，这个油腻男子不是未来的"老四"，难道还能是路人？

汪小白正盯着艾贷贷与这男人的亲密合照走神时，赫炜告诉他一个令他惊喜的消息。

"小白，告诉你一个好消息。这组照片，是五分钟前艾贷贷在万象城一楼的苹果店拍的。你现在可以立即下楼，运气好的话，艾贷贷和这个男的还在苹果店，运气差一点的话，她跟这男的已经不在苹果店了，但一准儿在万象城里面逛。总之，你现在立即下去，十有八九能与艾贷贷照面。你找了她半个月，今天我终于帮你在你们家楼下找到了她，感谢我吧？"

万象城与汪小白入住的小区就隔了一条马路。

"小汪费了那么大劲儿也没找到艾贷贷。小赫你是怎么找到她的？还就在小汪家楼下找到了。"毕战群问。

"我是谁啊，人脉宽广啊。哪像我们的汪小白同志，偌大一个城市除了他幼儿园的同事，几乎就不认识别人。其实吧，小白之前委托我们找艾贷贷，我是没怎么上心。我现在身边女人多的是，跟这个女人的事早翻篇了，我心里头还真不想去沾她，这是我先前不上心的原因。小白，二哥我在这儿给你道个歉哈。"

赫炜发了一个调皮的表情。

"也是巧了，万象城苹果店里有个职员原来在我手底下干过，我跟艾贷贷结婚办酒席的时候，他都是忙上忙下的。艾贷贷虽然跟我离婚后又整容了，他还是能认得出来。是这样的，艾贷贷在他们店里买过手机，今天她手机出了点问题，来店里修，正好被我这个小兄弟看见了。他还以为我没跟艾贷贷离婚，看到那个油腻男在店里与艾贷贷当众拉拉扯扯，还以为她出轨，向我通风报信呢。"

1

十分钟后，汪小白飞奔至万象城一楼的苹果店。

大夏天的，他头戴一只黑色绒线帽，戴着一副宽边墨镜和大号口罩，帽子把他一半脸颊和全部额头遮住，墨镜的上沿正好盖住帽子，而口罩的上沿呢，又正好碰到墨镜的下沿。他把自己打扮得如同一个私家侦探，经过他身边的人都用好奇的目光看他。汪小白意识到这样把自己的头脸严密地遮起来反而引人注目，在进入苹果店前，去了趟厕所，把帽子墨镜都摘了，只剩下了口罩。防雾霾在当下的中国早已成全民习惯，所以虽然今天如此炎热，也还是有人戴了口罩，所以戴口罩的汪小白现在没有必须惹得别人关注的特征。

汪小白小心地在苹果店里来回走了一圈。由于是周末，店里的客人较多。汪小白花了五六分钟，转了两圈，挨个儿把里面的人仔细看过了，才确信没有一个人是艾贷贷或那个人。

汪小白很是失落，好不容易可以逮住艾贷贷的一次机会，就这样错失了。不知道什么时候还能得到这样的机会，还能到哪儿去拦截艾贷贷。

汪小白百无聊赖地游荡在万象城的各个楼层，瞎找一气。在三楼一个休息区，汪小白看到一个男人窝着身子坐在凳子上，正神神道道跟手机说话。汪小白感觉似曾相识，就停下来，仔细打量。这不就是刚才在前夫群里出现的那个油腻男子吗？那个艾贷

贷眼下的相好、被赫炜戏称为可能成为老四的人。汪小白打开微信里的那张照片，核对了一下，对！就是他。

汪小白马上四下里打望了一下，哪里都没有艾贷贷的影子。这个男的在，她却不在，她先走掉了？不会的，她肯定正在哪个店里。汪小白假装随意地背对着那男子趴到护栏上，眼睛余光扫视着周边。他要等艾贷贷出现。

在汪小白等着艾贷贷出现的这段时间里，汪小白见识了这个男人的滑稽之处。他还从来没有遇到过如此可笑的人。这个人，居然能跟手机里的虚拟智能人聊得不亦乐乎，实在是个二货。

"Siri！我是谁？"此人用的自然是苹果手机。

"你在说什么？我不明白。"他手机里的智能软件"Siri"用字正腔圆的女声回答。

"我问你，我是谁？"此人提高了音量，带点呵斥的意思。

汪小白被他吓了一跳。

"Siri"回答："你是暴君！反正你是这么告诉我的。"

"宝军"？"保军"？不！难道是"暴君"？

汪小白猜对了，只听得此人乐了起来。

"嘎嘎！你说得没错，我是残暴的君主，我是天王老子，快请我赐罪于你，哈哈哈！"

"你在说什么？我听不懂你的意思。"

汪小白皱了皱眉头，在手机备忘录里输入"暴君"两个字。

这无疑是此人自己给手机设的用户名。通常机主设置用户名都跟自己的真名挂钩，可是，这个人的真名会跟"暴君"挂钩？

他跟汪小白一样是外国长大的华侨？汪小白在曼谷华人众多的富人区里长大，那些华人塑造了汪小白对在海外华裔的固定印象：聪明、富有、时髦、高品位，这么土的海外华裔，还真是让汪小白大跌眼镜。汪小白下意识地在心里琢磨着这个人，马上又觉得现在琢磨他毫无必要。不管了，反正，这个"暴君"很可能是未来汪小白弄清此人真实信息的一个重要线索，先记下再说。

"算了，你喊我爸爸吧！"

"暴君"把脸向手机凑近了点，忽然扮了个促狭的表情。这个表情配合他一脸的油腻感，是比较恶心的。

汪小白感觉自己再也忍不住笑了。这二货也太二了吧，二得太出人意料、出其不意、出类拔萃、出神入化了。

"你父亲叫什么？""Siri"还在耐心地回答着。

"我让你喊我'爸爸'！你听不懂人话吗？你个笨蛋。""暴君"坚定地命令"Siri"。

"Siri"这种非人类，当然不是真正能听懂人话啊。汪小白终于笑出了声。艾贷贷居然找了这么个二货？真如赫炜所言，她是自暴自弃了吗？

汪小白的笑声引得那人停止与"Siri"对话，他缓缓把头转向汪小白，眼看着要看到汪小白了，就在汪小白为此紧张时，离他有二十米的那家店里，走出来一个女人。这个女人的出现，使那位狂热的"Siri"迷停止了把头转向汪小白的动作。他的目光落在了女人身上。几乎同一时间，女人的目光落在了汪小白脸上。准确说，她与汪小白四目相接了。汪小白就这么直愣愣地隔

着二十米的距离与那女人对视着。那位"Siri"迷，抑或"暴君"先生，慢慢地站了起来，迷惑地向女人看了看，又向汪小白这儿看了看。

"咋回事？你俩……咋回事？"

女人撒腿跑了起来。

"艾贷贷！你给我站住。"

汪小白马上追上前去。

"别跑！给我讲清楚……我要你把话给我讲清楚！Stop！Stop！"

一着急，英文都冒出来了。他所在的幼儿园用英文教学。

艾贷贷刹住自己，脱下高跟鞋提在手上，赤脚向电梯奔去。

"艾贷贷！为什么不敢见我？贷贷！你停一下，我有话问你。"

艾贷贷根本不打算搭腔，越跑越快，她前方就是电梯口了。汪小白也已经跑到了电梯口，他张开手，眼看着就要抓住艾贷贷。艾贷贷挥起手里的一只鞋子，向汪小白投掷。

"可算抓住你了！"

汪小白话音未落，额头被鞋根凿到，疼得他眼冒金星。但他这会儿哪有心思在意疼痛，就算流血毁容都无心关注。他必须竭尽全部注意力抓到艾贷贷，必须！他飞快地扑向已经上了下行电梯的艾贷贷，然后他快步在电梯上向艾贷贷跑去。艾贷贷也开始在电梯上跑。汪小白终于在电梯上抓住了艾贷贷，与此同时，电梯把他们送到了下面的楼层。

"好吧！现在，我们可以好好聊一聊了。我就问你几个问题，你回答完了，我就让你走。OK？"汪小白紧紧拽住艾贷贷，表情一下子显得卑微了。"只要你回答我的问题，你以后永远不再见我都行。"

艾贷贷不看汪小白，用力扯了一下被汪小白拉住的胳膊，没扯开，她这才把脸向汪小白转过来，哀求地看着汪小白。

"放开我！求……你了！"艾贷贷眼里瞬间噙了泪，望着汪小白。

对对对！就是这种眼神，艾贷贷最擅长的眼神，使汪小白在跟她离婚时都没搞清她的真面目，在被她各种屏蔽和拉黑，在想了许多办法都没找到她后才慢慢弄清楚她是个女骗子。就是她这种眼神，使他在她的世界里扮演了那么久的白痴。可怕的、可恶的、蛊惑人的眼神啊。

可是，汪小白感觉到自己在艾贷贷这种眼神的覆盖下心里面居然不合时宜地发出了"咚咚"两声响，天哪！他居然还对艾贷贷有感觉。他是疯掉了吗？他怎么可以还对艾贷贷有感觉？怎么可以对一个惯用结婚骗取钱财的女骗子有感觉？他难道真的要去做一个人们眼里的天真癌患者？不可以。他只要还有一点点理智，就不该对她有感觉的嘛。

恐慌从汪小白胸口电行而过，他愣了一下。就在这时，一个身影跑过下行电梯向他冲了过来，而后，有拳头猛烈地"怼"到了他的脸上。谁"怼"的汪小白这是毫无疑问的，那位"暴君"先生，"Siri"迷，那个超级二的二货。汪小白不自觉地松了手，放掉艾贷贷，两眼一黑，倒在了地上。

这人太狠了，这一拳头"怼"得太重。艾贷贷这回找的是什么货色嘛，下手这么狠。汪小白花了一分多钟才爬起来，等他努力地睁开眼，再等眼前虚化的一切清晰，已经两分钟过去了。哪里还有艾贷贷的影子。

第 二 章

1

你实在想听，我就给你讲好了。先给你讲讲我妈。

我妈是个逆来顺受的农村女人。逆来顺受到什么程度呢？她没有自己的思想，只有顺从。她爸爸，也就是我的外公，叫她嫁给哪个男的，她就嫁给哪个男的。她嫁的男人，当然就是我爸爸。嫁给我爸爸的第一年，她就怀上了我。我们老家那个地方，比中国大多数农村还要封建，而我家，应该是我们那个地方最封建的家庭，重男轻女这件事情，这种思想，被我爸爸，爸爸的爸爸，爸爸的爸爸的爸爸，世世代代地继承了下来。可以这么说：我出生在一个极特殊、极少见的奇葩家庭。

我妈逆来顺受的更好一个例子，就是她生下我的第一天，我的其他奇葩家人觉得应该把我扔掉，尽管她爱我、疼我，但是她真的听从了家里人，要把我扔掉。

21

我是被扔掉的，没错！遗弃！我在生下来的第一天，就被家里人——我爸爸、我妈妈、我爷爷、我奶奶，集体做出决定扔掉了。他们想要一个儿子，当时国家又还是独生子女政策，只能生一个，头胎生了我这么个女儿，他们崩溃了，我爷爷艾定春、我爸爸艾树民的香火难继了，他们只有趁着别人还不知道我已经生下时偷偷把我扔掉，然后告诉别人我是流产的，这样他们可以重新怀一个，怀一个他们想要的儿子。你要问了，再怀上的是女儿，怎么办？打胎啊。如果能提前知道，就打掉。不能提前知道，就生下来马上扔掉。我伯父家就是这么干的。伯母怀的头两胎，他们通过伯母一个亲戚在县人民医院找到个关系户，违规做了 B 超，验出两胎都是女儿，两胎都提前打掉了。第三胎，一验，是个儿子，他们这才欢欢喜喜让伯母怀胎十月。如果我爷爷、我爸爸能提前知道我妈怀了女儿，他们当然会去打胎。事实上，我妈怀我时，他们也去县人民医院找到了先前伯母家的那个关系户，不承想，这人因为经常私下里收钱帮人验胎儿性别，被人举报了。这种事本来在医院就是被禁止的，尤其是那个时候。于是，就没有验成。我就这样没能被提前打掉。

　　我后来从别人口中得知那天我被遗弃时的惨状。

　　我被遗弃在公路边。这是离我家所在村子最近的一条公路。从我们村到这条公路要走二十几里地。我们那个村子，太偏僻。为了遗弃我，走了二十几里地，也真是用心啊。没办法！负责扔孩子的人是我妈。我爸和跟我家住的我爷爷、我奶奶，连扔都不愿意去扔。我妈其实是不舍得扔掉我的，她就想，把我扔到公路边，比扔在村子里要好一点。一来，扔在村子里，难免被人发现他们做了这件坏事。二来，把我扔到公路边，捡我的人可能会是个城里人。我妈希望我被城里人捡走。

我出生在冬天，寒冬腊月。我们那个地方，大西北，深冬季节，多冷啊。但是我要被遗弃了。我身上包着我妈一件旧棉衣，还好，棉花保暖，让我不会一下子就被冻死。我妈哭了！终于抱着我来到公路边，她哭得很伤心。

"我没有办法！没有办法啊！谁叫我们是女人呢？"

这是别人告诉我的，说我妈一边把我往路边的草窝子里放，一边就哭着这样向我道歉。谁知道别人说的是真的还是假的。但我愿意相信这是真的。我妈除了说这个话，还说了别的，就是道歉，她向我说了各种各样道歉的话。比如，她可能会说：

"孩子！你可以尽管恨妈妈！你怎么恨，妈妈都是不会怪你的。"

"孩子！来世投胎做个男人吧。做女人太辛苦了。"

"孩子！要是来世投胎做不成男人，只能做女人，那也要投胎到城里。城里没有那么多重男轻女。"

我想，这些话，她都会说的。那一天，大冷的西北冬天，她蹲在公路边，搂着旧棉袄里的我，一定跟我说了很多很多道歉的话，把她这辈子想对我说的话，全说尽了。从她出来的下午，一直说到天要黑了。零星有车子开过去，那是城里来的车子，那是我被捡到城里的机会，但是我妈因为舍不得我，要跟我多说些道歉的话，使我错过了这些机会。天黑了。天一黑，路过的汽车不容易发现路边草窝里的弃婴，我就不容易被捡走了，更别说是被城里人捡走。我们那个地方据说有狼，天黑了它们会出来，虽然从来没有人真的看到过狼。它们会嗅到婴儿的气味。如果天黑了我还没被城里人捡走，我很有可能在当晚就被狼叼走了。这是我妈万万不愿意的。

所以，我妈就哭哭啼啼、难舍难离地把我放下了，在路边的草窝子里放下了。她一步一回头地离开路边，眼睛不愿意离开那个草窝子。在离我几十米的一个地方，一个小土堆后面，她躲了起来。她要看看，到底是什么样的城里人把我捡走，她好记住。万一哪天，她后悔了呢？我爸、我爷爷、我奶奶，他们都后悔了呢？如果不知道是什么人捡走的，连捡走我的人长什么样都不知道，到时候，到哪里去把孩子找回来呢？我妈当时一定是这么想的。只能说，她太天真了。她远远不知道，这里的男人有多狠。怎么可能反悔呢？他们永远不可能反悔。

远处传来狼叫的声音。这是我后来想象出来的。我内心里希望有狼叫的声音。那样会衬托得我被遗弃之时更加惨烈。我经常沉浸在这种想象中，无法自拔。这种想象会让我得到一种悲情、壮烈的感觉。

我躺在草窝里，隔着我妈的旧棉袄，我能感觉到冬日天地的寒冷，人间的寒冷，我的体温在降低。后来我想象当时的我，我会和那天的我妈一样看到，那个草窝里的小可怜，开始奋力哭了起来，她要趁着还有一丝热气，大声哭出来，引起过路汽车的注意。她哭啊，哭得小土堆后面的我妈肝肠寸断。

一辆车子开始减速，停车。

从车上下来一男一女两个年轻人。我妈认出了他们。他们确实是城里人，但是他们是从我们村子出来的一个年轻姑娘和他在城里谈的对象，这一天她带着对象回老家来看看。那个姑娘太懂农村了，她和对象把我从草窝子里抱出来，想了想，就认定这个孩子是公路深处一个村子里的谁家扔出来的。她要把孩子带回去，带到她的村子里去，替婴儿找回她的父母。她要当着婴儿的面，好好骂一顿婴儿的父母。怎么可以这么愚昧、这么残忍呢？她和对象把孩子抱上车。车子开到了我们村子，我又回来了。

太可笑了。我爸、我爷爷、我奶奶，还有我妈，非但没有把我扔掉，还因为这位姑娘的多事，让他们扔孩子的事弄得村人皆知。村支书、妇女主任纷纷上门来询问，镇上派出所派人来调查，他们不但没能如愿把我扔掉，还落得村里人暗中议论，我爸还被派出所抓走关了半个月。他得有多恨我啊，因为我，他被派出所关了半个月。我们那个地方的农村男人，只要不是思维反常，他们都比这个世界任何地方的男人要面子。我爸从理论上讲，还算是个思维正常的男人。他多丢面子啊。他无疑恨死我了。

我爸恨我，这是毫无疑问的。如果说之前，他由于做主要遗弃我，还对我抱有在所难免的愧疚的话，他被派出所关了半个月后，那些愧疚全部被对我的嫌弃抵消了，剩下了嫌弃和恨。

2

他们遗弃我的事情传开后，除了村镇两级干部登门之外，我

25

家的亲戚也陆续过来了。其中有我的伯母。如你所知，伯母迫于艾家人的威慑，曾打掉过两个女儿。这件事在她心里投下了重重的阴影。她信佛，内心深处认为打胎就是杀人。"我杀过人，还是两个。我杀掉过两个自己的骨血。"她心里时常响着这个声音。这个声音撕咬着她，让她落下了抑郁症。她陷在这种症状里，晚上睡不着觉，一天比一天瘦。平常，在村子里，见到女孩子，她就要多看几眼。看一眼，掉一滴泪，把眼睛都哭坏了。她的妯娌把生下来的女儿扔掉了，她很愤怒。就这样，我的伯母，一个瘦得已经八十斤都不到的女人，把我妈妈堵在家里，破口大骂。

"丧尽天良啊！你自己也是一个女人，男人叫你把姑娘扔掉，你就扔了吗？你不能不扔吗？你就这么听男人的话啊？你不听男人话会死啊？你这么一个连姑娘都要扔的女人，死了也活该，你该去死啊！"

听起来她是骂我妈，但是所有了解她、了解我们那个地方的人都能懂得，她是在指桑骂槐，她在骂男人，骂她的男人，骂她的公婆——也就是我的爷爷和奶奶，骂我爸爸。她要把这些年想骂没机会骂出去的话，趁着这个机会骂出去，让她想骂的人听到。是啊！你们男人有什么了不起的？你们叫我们打掉孩子，把孩子扔掉，我们就打掉、扔掉，现在我们难过、我们愧疚，你们就不难过、不愧疚吗？你们去死吧，混账男人。

我妈妈当然听得懂伯母是借骂她骂我的爸爸、伯父、爷爷、奶奶，所以她要配合我伯母的。算是两个艾家的媳妇联合起来骂艾家的男人，还有昏庸的那个老女人，我奶奶。这样的配合，机会难得。以后还不知道有没有这样的机会配合。好好骂一回吧！我妈就骂了，她就比较直接了。

"天杀的啊！混账啊！自己的骨血，为什么要扔啊？还有没有王法啊？还有没有良心啊？我们女人生来就是要被人扔的吗？你们这些艾家的人，死了以后阎王爷也不敢收的啊，太没有良心了。"

伯母见我妈直接了，她更加直接了，她要趁机跟艾家的男人交涉。主要是跟我爷爷交涉。这个村子，虽然重男轻女，但扔女儿的事也是旧社会才能发生的，新社会上，还没有发生过。为什么就发生在我们艾家了？因为艾家有一个最说了算的男人，我爷爷，这个解放前曾经是地主少爷的人，扔孩子首先是他的意思。伯母就开始跟我爷爷交涉了：

"大！今天当着全村人的面，我要跟你讲清楚。我和云仙（我妈妈的名字），我们两个你们艾家的儿媳妇，是不在乎我们的娃是女娃还是男娃的。云仙的这个娃，你们想扔没扔掉，这说明是大意，天意不允许你们扔掉，天意认为你们作这种孽是作不得的，你们就应该听从老天爷的意思。老天爷这会儿叫你们不要扔，你们就把娃留下来，好吗？"

当然只能好了，只能答应了。我爷爷看着把家门围得水泄不通的村民，男男女女，老老少少，那么多的人，他敢不答应吗？他要是敢说一个"不"字，马上就有人向派出所举报，说他们艾家过几天还是会扔孩子，这样我爸就不止被关半个月了，我爷爷也要关到派出所去，然后被起诉，坐牢。

"不扔不扔！绝对不会扔的了。哎！谁说我们家要扔孩子的？孩子不是在这儿吗？以后谁要是敢造谣说我们家扔孩子，我跟他没完。我们没有扔掉孩子，绝对没有。谁要是说有，拿出证据来，没有，没有证据，那么好！你们不许造这个谣了。都散了！散了吧！堵在我们家门口干什么？再不散我就拿笤帚赶人了。"

于是，把我家门口堵得水泄不通的人都走掉了，回他们自己的家去了。一天过去了，又一天过去了。我家里死气沉沉。我被放到炕上一个角落里，没人管。我妈都是偷偷过来给我喂奶水。给他们看见了，他们会摆脸色。当然，他们不是不叫我妈给我喂奶水，想把我饿死，并不是，他们只是嫌弃我，看到我妈给我喂奶水会烦。

3

我伯母对我很好，比我妈对我还好。我是这么理解我伯母对我的好的：一方面，我妈怕家里人不高兴不敢对我太好，这样我伯母对我稍好一点，她的不好，就衬托出来了；另外一方面，我伯母是真的做到了对我很好，她把对被打掉的女儿的愧疚，全都补偿到我这儿来了，她有了儿子，就缺个女儿，正好可以把我当女儿对待。因为伯母对我好，再加上由于伯母生了儿子后在家地位越来越高，在家里，她还是有了一定的发言权，所以，我觉得伯母家的气氛比我家好，所以，在我小的时候，我大量的时间，是在伯母家度过的。我在伯母家吃饭，睡他们家的炕，跟比我大不了几岁的堂哥玩儿。

在伯母家，有伯母疼爱，还有一个同样是孩子的堂兄陪我玩儿，所以，在我记事之前，我想我过得应该是愉快的。等到我记事，好像就没有那么愉快了。因为总有心存恶意的村民故意告诉我小时候我曾被家里人遗弃的事情。开始我不太相信，说的人多了，我就信了。等到我真的信了，再回到家中，我变得拘谨起来。这样，我更加喜欢去伯母家了。

"云仙，你看你娃那么喜欢来我家，你家树民又不喜欢这娃，不如你把娃过继给我吧！你看怎样？"

我妈没有说话，她心里是不愿意的，但是，她好像觉得，这样也挺好的。

"你把娃过继给我，然后你和树民再生一个。这回，你肯定能让树民满意，生一个男娃。不像我，生到第三胎，才生到一个男娃。你不会也像我这么背运的。"

伯母说我妈不会像她那么背运，完全是违背事实地在安慰我妈而已。我妈比伯母还背运，她非但不是到三胎以上才生到男娃，她直接就不能生了。非常奇怪的，生了我之后，我妈和我爸，无论怎么想办法，都没有再怀上孩子。

"我不能把孩子过继给你。"我妈想了半天，轻声地说，"万一我真的生不了了，孩子过继给你，我和树民自己就没孩子了，我们老了怎么办？女儿虽然不如儿子，但总归是自家的娃，我们老了，她会管的。我们现在把她过继给你，等到我们老了，她再想起小时候被我扔过的事情，她会管我和树民吗？到时候，我和树民死了连个收尸的人都没有，连个上坟的人都没有。"

伯母想收养我这一段，就是我童年时期的一段插曲。上面伯母和我妈的这番对话，是我亲耳听见的。当时，她们一边在田里干活儿一边说，我就在旁边。她们也不回避我。大概是觉得我还小，根本听不懂她们在说什么。可我不但听见了，还记住了，记一辈子。不管伯母想过继我出于真心，还是说着玩儿的，我都感激她。后来，一想到她曾经对我那么用心，我就很感激她。

伯母是真的特别爱我吧，她应该比我妈还爱我吧？从我记事以来，很多很多年，我都会在心里提出这样的设问，那些时候，我的答案当然是肯定的，十分肯定。伯母多爱我啊，我记得，在我还很小的时候，她不止一次地把堂兄和我一起拉到她面前，高兴地看看堂兄，又高兴地看看我，然后很认真地说：

"代子，要不是你和宝贵是堂兄妹关系，要是你和宝贵没有血缘关系，我都想让宝贵长大以后娶了你。"

这当然是开玩笑的。但玩笑也能看出伯母对我的态度，她得多么爱我，才想把我一直留在她身边啊。

第 三 章

1

汪小白躺在省人民医院的一张病床上，脑门儿上顶着一坨纱布包，到处都是需要救治的人，护士太忙了，哪会用心包扎汪小白？现在汪小白小心地撕着绑纱布包的医用胶带，胶带的一部分缠在了汪小白的头发上。汪小白一边撕，一边因为扯痛了头发而发出"哎哟""哎哟"的呻吟。为了节约钱，他住的是三人间的病房，另外两张病床上此刻人满为患，是那两位患者的探病家属。此刻，他们嘘寒问暖的声音充斥了整个房间，使汪小白的呻吟变得可以忽略不计。汪小白懊恼地打开前夫群，看到赫炜连续发了两条语音。

"哈哈哈！老三！萌萌的老三！乖乖的老三！可怜的老三！来张自拍，让大哥和二哥看看你光荣负伤的样子。"

这条语音是一个小时前发的。与之匹配的是，一个小时前，抓捕艾贷贷失败的汪小白跌跌撞撞地穿越万象城下面的马路向他家走去时，在前夫群诉说事情经过的他的几条愤怒的语音。

"我马上来医院看你。到了再跟你详聊。你在哪间病房？"这是半个小时前赫炜发出的另一条语音。

汪小白正在收听微信群里赫炜的语音，这时那两张病床周围有站有坐的人，突然都集体失声，一致地把目光转向病房门口。一个彪形大汉，在大家略带讶异的目光中，咋咋呼呼地闯了进来。

"老三！哎呀！老三，你真的挂彩了啊？哈哈哈！你这是怎么弄的？我们前妻这么猛，把你砸到医院里来了？"

赫炜嗓门儿洪亮，声音铿锵有力，他用词夸张，表情丰富，还附带表演动作，他一看就是那种每到一处就要把那地方扭转成脱口秀剧场的人。说话间赫炜已大步流星地走到了汪小白的病床前。忽地，他看到房间里所有人都好奇地望着他。赫炜马上意识到，是"我们前妻"的说法吸引了他们。仿佛是为了拯救他们的好奇心，抑或是为了抓住这绝佳的吐槽前妻的机会，赫炜快步走到他们中间，大声演讲起来。

"你们听到的没错，是'我们前妻'，我跟里面病床上那个帅哥共同的前妻。这个女人名叫艾贷贷，专门靠结婚骗钱财的。她骗了多少男人呢？这得看她有多少前夫了。她有多少前夫呢？我比较明确知道的，有三位，就是我、他，还有另外一位今天没到场的兄弟。也许还有我不知道的前夫，到底有多少，我不清楚。反正这个女人满嘴谎话，我都不知道她哪儿是真的、哪儿是假

32

的。说她有多少前夫我都不会惊讶。说不定她的前夫排成队，可以从上海排到纽约吧，哈哈哈！对了！今天这儿人多，我得趁机发一通寻人启事。各位！请大家看，这就是艾贷贷的照片，有谁看到她麻烦联系我。这是我的联系方式。"

赫炜，这个伪脱口秀演员，一边咋呼着，一边翻出手机里艾贷贷一张清晰的脸照，一边从钱包里抓出十几张名片向众人散发。

"举报有奖哦。拜托各位了！"

汪小白始终冷静地躺在床上，看着赫炜。这其实是他们第一次在现实生活中见面。之前，他们都只是在微信群里聊聊而已。如果不是因为艾贷贷，汪小白跟赫炜这种调性的人应该不会发生任何联系。如果不是因为当时想找到艾贷贷，他也不会主动去认识赫炜这种人。现在汪小白眼前这个活生生的赫炜，浑身每个细胞都是一张吐槽艾贷贷的贱嘴，这使得他整个人笼罩在一种吐槽艾贷贷的亢奋之中。

汪小白想到了两点：第一，一场不欢而散的离婚是多么可怕啊，它可以使得一个前夫那么勇于寻找一切机会作践前妻——这点是他先前曾经想到过的；第二，这个赫炜，也不是什么好鸟——这一点，是汪小白第一次想。

赫炜还在骂艾贷贷。

"我跟你们讲啊，这个艾贷贷，真是满嘴跑火车。根本不知道她哪句话是真的，哪句话是假的。你们知道吗？她居然跟我说，她出生的时候是被她父母扔掉的，后来被村子里的人发现，只好又捡回来了。她是干影视编剧的吗？这么戏剧化的情节，她也敢往自己的身上安。我开始还真信了她的。真的。老三，她也跟你讲过她这些事吧？出生在西北农村，出生第一天被家里遗弃，从小家里就把她当成童工用，读书读到小学三年级家里就不让她读了，十四岁从家里逃出来了，去了很多城市打工，靠自学考上大学，靠贷款读完了大学……对了，各位！我告诉你们，这个女人真名不叫艾贷贷，叫艾代子，艾贷贷是她大学同学给她起的绰号，她爱贷款嘛。她自己居然也挺喜欢这个绰号，所以，大家都叫惯了她这个绰号。老三，她告诉我的这些经历，也都跟你讲过吧？我跟你说，你千万别信她，她是《知音》《家庭》这类杂志看多了，给自己编了这么套电视剧剧情一样的人生履历。就只说从农村出来这一点，她像吗？我看一点儿都不像。她就是编的，编的。"

汪小白没有说话，只是看着赫炜。艾贷贷确实跟他讲过这些，跟她跟赫炜、毕战群讲的大同小异。艾贷贷嘴里的她的幼年经历，正是她吸引汪小白的一个方面。汪小白现在还记得，她第一次全面地告知他她的这些经历时那种自信、洒脱的语气。那是一个历尽磨难获得新生后不畏惧向别人出示伤疤的女人才有的自信和洒脱。这样的人，当然不会把贷款上大学当成一个耻辱，那是她生命的一枚勋章，"艾贷贷"的绰号在她自己看来是一种由衷的赞美。汪小白当时都快被她诉说苦难时光芒万丈的样子震慑了，他被她迷住了，他觉得她有魅力极了，爱死她了。她就是这样一点点迷住汪小白的啊。

她也是这样迷住赫炜和毕战群的吗？她的这些经历，她每次都要跟她的结婚对象讲，都是真的经历吗？她真的历经过那么多的苦难？汪小白之前是信的，近半个月来经历了艾贷贷对他的种种，他也像赫炜一样不相信了。

2

赫炜走后，汪小白迷迷糊糊在床上睡着了。他梦见了艾贷贷。很神奇，这个梦的内容与二十天前的那天下午到晚上那段时间里艾贷贷向他提出离婚时候的情景几乎一模一样，所以，汪小白都弄不明白那到底是他睡着了做的梦还是他并没有真正睡着时的一种回忆了。

那天下午，汪小白照例下班后开车去艾贷贷上班的银行接她，到了那儿，却得知艾贷贷已经不在了。给艾贷贷打电话，她说她已经回到家了，并让他尽快回来，她有重要的话要跟他讲。她的语气很严肃。说实在的，在汪小白与她从相识到结婚至现在的这四五个月的时间里，他们之间说话总是没个正经，像今天这么严肃，还是头一回。

所谓重要的话，理所当然就是离婚的请求了。汪小白前脚刚进门，艾贷贷就把这个请求说了出来。汪小白反正是个嘻嘻哈哈的乐天派，一开始，他还以为艾贷贷开玩笑，没在意她的话。他拿出手机，准备开始玩直播。这是个人人都爱表演的直播时代，此刻，有没有可能是艾贷贷受了爱直播的汪小白影响，在表演呢？打开一个直播软件时，汪小白心里这么忖度。

在几个直播软件里，汪小白都有大量粉丝。他的性格太讨喜了，特别适合搞直播。汪小白拿出化妆盒，开始往脸颊上点一颗媒婆痣，今天他准备把自己打扮成一个大妈，来一段做媒脱口秀。就在他刚拿出假发的时候，一直在旁边站着的艾贷贷又重复了那个请求。

"好啊！什么时候离？现在？可能不行哦！离不了，离婚登记处已经下班了。对了！我们可以搞一场诉讼离婚，这样更好玩。"汪小白把假发戴上，打开一个直播软件。

"我没说现在。"艾贷贷无视汪小白开玩笑的表情，她冷静地看着汪小白，十分严肃地说。

汪小白还在开玩笑，"那你说什么时候？明天？不行！明天是周六。"

"我也没说明天。"

艾贷贷的脸上还是没有表情。在她与汪小白从认识到结婚的这些时日里，通常她的脸部表情还算是丰富的，尽管她是个通过医学深度调整过容貌的女人。一张整过容的脸还能产生那么多丰富的表情，只能说明，在那些时候，她太幸福了。她与他在一起一直有幸福的感觉，汪小白这么认为。

"后天也不行啊。后天是周日。"汪小白还是没有意识到艾贷贷不是在开玩笑。他开始把声音提高八度，对着手机屏幕开始直播。"现在不行，明天不行，后天也不行，那只能不行了——你们说对吧？本大妈今天漂亮吗？"

"就周一，周一上午我们就去把离婚手续办了。"

艾贷贷远远地站到汪小白身后，防止被他直播到。她的语气是不容置疑的，仿佛是在下一个通知，而不是在跟汪小白商量。

"你如果同意的话，就先去做些准备。先给你单位领导请个假，把周一上午的时间给我留出来。我已经跟领导请过假了。"

汪小白心里一"咯噔"，艾贷贷不是在开玩笑，不是在跟他闹着玩儿？等等！为什么呀？为什么突然就要跟他离婚，他一点儿心理准备都没有。他迅速关掉了直播，扯掉假发，愣怔地看了艾贷贷半晌。

"我能问你，为什么突然就要跟我离婚吗？"

"不为什么。我腻了，不想跟你在一起了。"

"就这么简单？"

"对！就这么简单。"

"你跟前两任，也是同样的理由？"

"我跟前面那两位为什么离婚，我跟你讲过多次了。第一任，他有外遇，很多很多外遇。第二任，婚后我发现跟他三观不合，我跟他，是两个世界的人。"

"你之前的确是这么跟我说的。但是今天你突然莫名其妙地跟我提出离婚，让我觉得，你跟他们离婚，真正的理由不是你之前说的那样。很有可能，是你今天说的这种理由，腻了。否则，我真不能理解你怎么不到三年时间里结婚、离婚了三次。你的感情保鲜期这么短的吗？说腻就能腻了？"

汪小白不高兴了。他是别人眼里的天真癌患者啊，既然如此，他就不能接受艾贷贷毫无来由地提出离婚，她必须得说出她的理由，可以自圆其说的理由，不能自圆其说不算。

"小白，不管你信不信我说的，反正我是要跟你离婚的。强扭的瓜不甜，我觉得我们没有必要把离婚搞成一次离婚大战，还是速战速决吧，好吗？"

"我还没同意离呢，哪可能有什么离婚大战？哪儿来什么速战速决的需要？亲爱的，你别跟我开玩笑了哈，什么离婚？一边儿去。我们出去看场电影吧？"

汪小白进了卫生间，洗掉了脸上的"媒婆痣"。等他出卫生间，艾贷贷已经出门了。过了几分钟，他收到艾贷贷的微信：

"这两天，我就不在家住了。你好好考虑一下。等你考虑好了，告诉我，我们直接在离婚登记处见。"

汪小白不敢回复。她绝对不是在开玩笑，他得好好想一想，这到底是怎么回事。

过了半个小时，见始终等不到汪小白的回复，艾贷贷的又一条微信来了。虽然她发的是文字，但汪小白还是感觉到这次她的语气变了。她在跟汪小白商量：

"小白，你不是说爱我的吗？爱我就要尊重我，就要让我开心，让我高兴，不是吗？现在，只有你答应跟我离婚，我才会开心，才会高兴，你明白吗？"

真把他汪小白当成智障了？结婚、离婚这种严肃的大事，你哄我两句我就能答应？汪小白看着艾贷贷的这条微信有点哭笑不得。他仍然没有回复艾贷贷。

又过了半个小时，艾贷贷又发微信来了。这次她开始哀求了：

"小白，请你相信我好吗？我有不得已离婚的原因，你以后一定会明白的。现在，请你相信我，就算是帮我的忙，答应我的离婚请求好吗？"

将她说这话的时间往前推两个月，也是她，说服汪小白跟她领了结婚证。"小白，像你这样年轻、帅、性格温柔、可爱的人，多少女孩想跟你好，如果没有一张结婚证，我无法相信你是真的想跟我一生一世。"当时，是她的这番话，令汪小白决定跟她登记结婚。如果不是这样，汪小白可能还是会像以往一样，觉得自己离走入婚姻尚早。不过，汪小白还是乐于配合艾贷贷的这种逼迫，他确实爱艾贷贷胜过以前交往过的任何女友。

汪小白终于回复了：我不答应。

现在汪小白突然从梦里醒了过来。醒来的原因，他感觉到有人在他眼前晃。可等他睁开眼睛，发现并没有人。先前另两床病人的探视家属现在都走了，而那两位病人一位出去散步了，一位此刻正在床上惊天动地地打着呼噜。汪小白皱着眉头又回忆了一下醒之前那一刹那感到的被人看着的感觉，它还清晰地刻印在脑子里。汪小白飞快地下了床，向病房外跑去。他跑到走廊上，仿佛真的有人需要他追赶似的，在几个病房门口短暂停留，快速打开门向里探看，当然不可能看到他想象中的那个人。他又跑到这栋住院大楼的大堂上，在密集的人流间胡乱地奔跑，左看右看，前看后看，当然依然不可能看到他想象中的那个人。他索性跑出了大堂，来到了楼外。右侧是停车场，他仿佛受到什么指引似的，向停车场跑过去。在停车场上，他看到一个女人的背影钻进了一辆车，紧接着，车子被发动了起来。他忽然觉得这个女人是艾贷贷，先前在他眼前晃的确有其人，那就是艾贷贷，现在她逃上她的车了，她逃得真快啊。汪小白激动起来，向那辆已经开始移动的车跑了过去。

"艾贷贷！是你吗？你是什么时候过来的？停车！停车！"

那辆车子拐了一个弯，经过汪小白身边，他看到里面开车的女人匆促地向车外看了一眼。是个跟艾贷贷一样漂亮的女人，不是艾贷贷，怎么可能是艾贷贷呢？他是太想艾贷贷了，才在想象的支使下跑到停车场来闹了这么一出笑话。

天哪！他居然开始想艾贷贷了，她是个女骗子啊，他居然要去想一个女骗子？难道恰恰是因为他这两天突然得知她是个女骗子由此觉得自己从来没了解过她反而对她开始倍觉好奇就这样爱火重燃了？

汪小白失魂落魄地往楼里走。途中，他想起那天晚上艾贷贷与他协商无果后，接下来的三天里她为了达到离婚的目的对他的死缠烂打。他都已经不能完全记清楚那三天里她具体跟他讲了什么，他只记得，她是疯狂的，有战斗力的，充满蛊惑的，像一个女魔头，又像一个头戴光环的神女，使他终究失去了自我的意志，就这样，居然在下周三的上午，真的跟她去办了离婚手续。对！他最后是怎么被艾贷贷说服的，这个他是记得住的。艾贷贷说：

"我其实在单位是隐婚的，但是最近被同事发现我结婚的事实了，这会影响我的升迁。因为我有一个变态的领导，他觉得单身的人比有家庭的人干工作更拼。你也是知道的，我走到今天这一步不易，我还有向上走的可能，最近因为单位个别人员的调离，我得到了一个升迁的机会。如果我现在恢复了单身，这个机会更容易抓住。小白，你现在明白了吧，我们离婚，只是一个权宜之计。"

汪小白还清楚地记得，他是开开心心去办离婚登记的。他当时到底是怎么想的，离个婚居然是开心的？他以为艾贷贷这次跟他离婚是在跟他演一场戏吗？有可能的，他当时真有可能这么想。一个被女骗子蛊惑了的天真男人，怎么想都是有可能的。

现在，汪小白无疑已经确信他当时是被艾贷贷洗脑了。他有些后悔，有些痛恨自己，也痛恨艾贷贷。就在他刚走回病房的时候，赫炜发来了一条微信："老三！今晚前夫群会餐哈！全部人员都必须到，不得请假。我做东！一会儿我定下吃饭的地方和就餐时间再跟你讲。"

汪小白回复赫炜："老毕现在在香港上班，他从香港飞过来聚餐？"

赫炜马上回复："你说到点子上了，正是因为老毕今天过来了，我们三个同一个战壕里出来的人难得有机会一起碰面，所以一定要好好聚一聚。"

一点小伤本来也不值得住院。汪小白这次之所以住院主要是因为这几天心情不好。汪小白与赫炜聊完微信后，索性去把出院

41

手续办了，正好这时赫炜已经发来了地址，汪小白直奔聚餐地。

3

现在毕战群坐在汪小白与赫炜之间。汪小白同样是第一次见毕战群，赫炜和毕战群之前也没见过。毕战群戴一副金属框眼镜，长脸，身材瘦削，神色冷峻，轻易不开腔，这使他身上弥漫着一种冷和硬的感觉。这些冷与硬，说得难听点，是不易相处，说得好听点，是气场强大。汪小白坐在毕战群面前，感到毕战群像一个压力泵，令他呼吸略有点局促起来。

这大概是汪小白身体里的一种本能，遇到毕战群这种气息的人，他立即会出现诸如呼吸局促、手足无措、眼神无处安放这类的反应。这是汪小白的父亲汪蓟钊造成的。在泰国生活时，由于那些一句话不能说清楚的原因，汪小白常年处于汪蓟钊的精神虐待中，正因为此，汪小白从来都排斥父亲。

汪小白先前还听艾贷贷说过，毕战群一直在努力移民美国，这使得他与汪蓟钊又多了一个相像之处。所不同的是，汪蓟钊早已获得了美国国籍，毕战群还在为此努力着。毕战群与汪蓟钊的这些相像，使他像年轻版的汪蓟钊，这激活了汪小白心里的排斥感。一贯自信、夸夸其谈的赫炜也有些被毕战群的气场压住，从来都滔滔不绝的他，今天也莫名其妙地变得有点蔫儿。

气氛有点僵。

三个性格、职业、人品颇有差异的大男人，因为是同一个女

42

人的前夫的关系，形成了一个小团体，这件事本身就有点怪异。这种怪异感，在便于大家掩饰自我的网络上还不太能够显现得出来，如今进入了现实的生活，大家如此靠近地坐在一起，它就被放大了。

"喝酒！喝酒！来来来！"赫炜就一直劝毕战群喝酒。他急于想让气氛抵达微信群里的那种轻松感。

毕战群有酒量，赫炜敬他一杯，他来者不拒。几杯下肚，他面不改色。

汪小白坐在一边研究毕战群。他想起之前毕战群在微信群里说过的关于他与艾贷贷的寥寥数语：其实艾贷贷上大学时他就关注她了，只不过没有机会互相认识，那时，他是艾贷贷入读大学的老师。大概一年半前，他们在这个城市巧遇，再后来的事情就是众所周知的结婚与半年后的离婚。

现在汪小白看着面前这个冷峻、深沉的男人，他有点想不通，如毕战群般厉害的男人，而且他和艾贷贷也能算是半个"故交"，他是怎么像他汪小白和赫炜一样，也着了艾贷贷的道儿的？汪小白想着想着，只能给出一个答案：这真是一个高手如云的世界，毕战群也许高明，但还是高明不过艾贷贷。

这艾贷贷，到底该是一个多么高明的女人啊？他汪小白以前为什么就一点都没有觉得她跟高明有什么关系？

气氛到底还是活跃了起来。原因在于，毕战群开始发现自己可以说教了。作为一个曾经做过老师的人，他自然免不了还留有说教的习惯，加之他现在作为律师还是靠口才吃饭，所以他的说教听起来非常入耳。说教些什么，无关紧要，紧要的是，因为他的一通说教，气氛活跃起来了，这下赫炜就可以像微信群里一样放纵不羁地吐槽艾贷贷了。

"老二！老三！你们说，这个女人找什么样的男人接替我们的位置不好，非要找那么一个二货男人？"

汪小白和毕战群不置可否地讪笑了一下，又不约而同地向对方看了一眼。就是这一眼，汪小白意识到，他们两个眼下对艾贷贷的那种复杂的情感可能要略微相近一些。而赫炜，他眼下对艾贷贷的情感，有别于他们两个人。这么一想，汪小白有种跟毕战群才是真正同盟的感觉，这种感觉化解了汪小白心里对他的排斥，与此同时，汪小白也产生了一种以后尽量与赫炜保持距离的想法。

赫炜忽然靠近汪小白，向他挤了挤眼睛，促狭地说："小白，有样东西，一定是你梦寐以求的，想要吗？"

网上经常会有这样一种视频：一个中国人教一个外国人说中文。我是个傻帽儿！中国人教了一句。外国人鹦鹉学舌道：我是个傻帽儿。教说话的中国人和旁边的中国人看着学得不亦乐乎的那外国人，集体乐不可支。视频里这些对别人理所当然的无知进行戏耍的人，简直把中国人的脸丢尽了。汪小白每每跟赫炜说话，就会想到，如果赫炜有机会成为那些视频里以那样一种方式戏耍他人的人，他一定会成为的。

"什么东西？"汪小白淡淡地问。

"我知道艾贷贷现在住在哪儿了，就是这儿。你看，就是这个地址。"赫炜故作神秘片刻后，从钱包里掏出一张他的名片，背面朝上，拍到汪小白面前，上面有一行他事先写好的字。

"你是怎么知道她的新地址的？"

"还是苹果店啊。我苹果店里那个兄弟给的啊。那天她去修手机的时候，我那兄弟建议她更新一下地址，以便以后苹果给予更好的服务。她觉得我那兄弟的提议也没什么问题，就把新地址讲出来啦。"瞧赫炜那语气，潜台词是：你连我能做到这一点都想不到，真够傻帽儿的。

汪小白盯着这名片背面的地址，心里想，原来她住这儿啊——她待售房的同一个小区。汪小白现在就想站起来，离开这里，快快跑到那个小区，见到艾贷贷。这种心情很急迫，而这种急迫让汪小白对自己失望，对此恐慌。汪小白就这样神游在外地坐在那儿，只听得赫炜的声音向他耳边飘过来。

"老二！老三！我有一个想法。"

"什么想法？"汪小白听到毕战群审慎地问。

"艾贷贷的现任，我们都看到过照片了，小白还见过真人。一句话：低档，档次太低了。我就在想啊，艾贷贷怎么可能真心看得上这样低档的人呢？她一定为了钱饥不择食了，饥不择食的同时，她一定想好了怎么最大限度地缩短她与这个人从结婚到离婚的时长。"

"是吗？"毕战群问。

"我有一个计划，希望得到你们两个的认同。"

"什么计划？"毕战群问。

"我有一个朋友，开了家影视公司，我可以请他们来记录艾贷贷结婚到离婚的过程。"

飘到汪小白耳边的赫炜的这句话让汪小白吃了一惊。汪小白定住了神，费解地望着喜欢恶搞的赫炜。他希望赫炜是在开玩笑。毕战群也同样费解地看着赫炜。

"你说什么？记录？"汪小白反问道。

"对啊！记录！忠实记录。拍一部纪录片。"赫炜得意起来，"实话跟你们说吧，把你们召集到这儿来之前，我已经跟我那做影视公司的哥们儿沟通过了。你们知道吗？我那哥们儿可感兴趣了，他觉得这是一个好的纪录片项目。再加上我跟他说只要他拍，我可以投资，他更打算拍了。今天上午他还打电话跟我讲，马上就启动这个项目。"

"你打算投资？"汪小白问。

"我当然愿意投资了。"

"你打算投资多少？"汪小白又问。

"投资多少我都愿意，我不差钱。"

"你不差钱，那你还要因为艾贷贷弄走了你一套房而去专门投拍纪录片整她？你那套房我又不是不知道，小套二。前几年我们这儿房价没大涨，你那套房入手的时候最多万把块一平吧？一百万都不值，你身家几千万，这套房你并不在乎吧？"

赫炜听着汪小白的话，脸色越来越沉，落在汪小白脸上的目光里开始有了傲慢。他低下头，掏出一根烟，慢条斯理地点上，而后把烟圈吐向汪小白。"你说对了，我不在乎钱，我在乎的是尊严。我现在告诉你们吧，这套房子并不是我愿意给她的。是她使了手段，逼迫我给了她。我等于说被她勒索了。这个女人勒索了我，伤了我的自尊，让我失了脸面，所以，就算我在这部纪录片上投的钱比我在她那儿损失的钱多，并且，最后这笔投资打了水漂，我也要拍这部纪录片。"

赫炜的话，让汪小白感到一股寒意。他有点无措地看向毕战群。

"怎么启动？"毕战群问赫炜，语气里没有明确的情绪。

"很简单，就在艾贷贷现在租房的楼对面租一套房，在里面架着摄像机，摄像机旁边二十四小时有人轮流值守，就这样一直拍，最后一剪，就是一部大片。反正艾贷贷和这个男人同居的时间也不会长，说不定一两个月就'拜拜'啦，也费不了我哥们儿公司太多拍摄时间。"

"我觉得，你没有必要这么费心机地报复艾贷贷。你是男人，这样报复女人，不像个男人。"汪小白不客气地说。

赫炜厌烦地看了眼汪小白。"报复又怎么了？谁规定男人不许报复女人了？不是说男女平等吗？噢！男人骗了女人，女人去报复那个男人就是民心所向，女人骗了男人，男人去报复这个女人，就是男人没风度？扯！"

"我只是觉得，赫总您那么忙，没有必要为一个女人如此费心。你是资本家，资本家最在乎的是什么？金钱和时间。但是相对于金钱，时间更加重要，为什么？因为你们的时间是可以直接兑换成金钱的，你们的一分钟得值多少钱啊？你想想看，你拍那纪录片，怎么都得好几十天，十天就是一万四千四百分钟，几十天，那是多少分钟？那得值多少钱？所以你说，你费心做这个，不是明摆着跟钱过不去吗？多不值当啊。你说呢？赫总。"

汪小白想起他的爸爸汪蓟钊。汪蓟钊从来都不缺女人，但也从来都舍得在女人身上花钱，以汪蓟钊做模板，汪小白觉得像赫炜这样的人跟女人计较有点不可思议。

不知何故，当汪小白听说赫炜要那么去整艾贷贷时，他心里唯一存在的，就是对她的担心。他果然还爱着她啊，他都为此感到羞耻了，都为自己感到悲哀了，都因此无所适从了。

赫炜摇摇头，看都不想看汪小白了。那些微信公众号上的鸡汤文里特别流行那句话叫什么来着？两个人认知能力差距太大，是没法儿产生交集的。大概赫炜此刻心里在想，这个汪小白，这个在"佛国"长大的人，真是个不折不扣的社会小白，我赫炜跟这种小白兔一样的低智男，就是平行世界里的两个人，我跟你说话，根本就是对牛弹琴。

汪小白却继续道："赫总，过去的已经过去了，你、我，还有老毕，都有自己新的生活了，我们没必要还陷在跟艾贷贷的过往里，走不出来。你现在要对她干这些，是没有从跟她的过往里走出来的表现。"

"走不出来的人是你吧，汪小白。不是你成天哭着喊着要我和老二帮你找到艾贷贷吗？要不是这样，我早把艾贷贷给忘了。"

赫炜说罢站起来就走了，一点都不给汪小白和毕战群留面子。

汪小白今天算是见识到什么叫翻脸不认人了。也只有赫炜这样的中国式富二代，才容易做到这么快速的人格转变吧？汪小白忽然有些后悔建那个微信群，后悔跟赫炜认识。建群以来汪小白通过赫炜对艾贷贷所为，算是明白了人性的恶劣。

晚上，汪小白在微信群里看到赫炜的发言。他说，他真的准备将艾贷贷这一次的感情拍一部纪录片了，谁也别想拦他。

汪小白当即宣布，前夫群解散。

所谓的前夫群，就是专门激发前夫对前妻敌视心理的恶趣味之地。是那种专门用来对经不起考验的人性实施高强度考验的奇怪东西。

第 四 章

1

还真是那样的。当年，有个经常用各种化名在《知音》《家庭》杂志发表故事的自由撰稿人，真的想采访我，他觉得我小学三年级辍学后独自一人离开家乡去发达地区打工并自学考上大学的故事特别励志，但我没答应他，没有授权让他写我的故事，他后来写没写，或者有没有改头换面地把我的故事写出来发在《知音》《家庭》这样的杂志上，我就不知道了，我不怎么看这些杂志。

现在我给你们讲讲我给家里当童工和辍学的事吧。当童工，当然是我自己的总结，我觉得我小时候在家的地位，就相当于一个童工。不是吗？如果一个家长对自己的孩子只负责到给予她简单的一日三餐，而这个小孩儿为了得到这一日三餐每天要为家里干各种各样的家务活儿、农活儿，而这些活儿对这个小孩儿小小的身躯来讲完全是超负荷的，那把这个小孩儿定义为一个童工，不为过吧？也许你要说了，穷人的孩子需要早当家啊，你爸妈让你从小干那么多农活儿、家务活儿，也许这是穷乡僻壤对那里的孩子的普遍要求呢？你错了！我出生在八十年代末，那个时候，全中国的家庭通常都是独生子女，一般来讲，对子女的溺爱这一方面，乡村和城市是一致的，我们村子里，大多数人家，对子女也是溺爱的，不舍得让小小的子女去做什么事。我家里人要求我干这干那，其实在我们村子里也是少见的。说白了，我出生在一个极特殊的家庭，甚至可以说，一个变态家庭。这个家庭之所以变态，根本原因在于，它是被一个变态操控的，这个变态就是我爷爷。回到那句话：在我爷爷的掌控下，我们家的人都觉得我不该被生下来。

我六岁的时候就开始学做饭。我爷爷是不干活儿的——他小时候是个地主家的少爷，新中国成立了，他做不了少爷了，但少爷的臭德行一直都还在他的身体里完完整整地保存着，我爸爸多数时间去外地打工，留在家里的劳力就我妈和我奶奶。对了，因为我爸是小儿子，我爷爷、奶奶是跟我家生活的。我妈和我奶奶两个身体都不大好，我奶奶更不顶事，所以，在我的记忆中，几乎是我妈一个人一年到头在应付那没完没了的农活儿和家务活儿。我想，她心里是对此充满怨气的。加上时间长了，她受到我爷爷、奶奶、爸爸的感染，也觉得我在家里就是一个拖累，所以，我从小就被她要求替她分担繁重的各种劳动。你理解的没错！对！其实，把我使唤成一个童工的，主要是我妈。她也挺自私的对吧？我多干一点，她就少干一点。谁不自私呢？大家都陷在贫穷里，自私是会被激发出来的。所以，虽然我觉得我妈自私，我也原谅她。我觉得她是迫不得已。

农村传统的做饭，是用灶台做，跟用煤气灶做饭相比，用灶台做饭难度大了太多。通常情况下，需要两个人一起，才能做完一顿饭：一个人在灶台后面烧火，一个人在灶台前炒菜。如果有那么一个人，同时兼顾烧火和炒菜，独自把一顿饭做完了，那是很有本事的。你想啊，让柴火持续在灶洞里烧得很旺，这本来就不容易。而沾了柴火的手再去抓炒勺之前，都是要洗一下的，那时候乡下还没有自来水，洗手也麻烦。总之非常难。就算是我们村里的成年人，有这个本事的，也不太多，男人们嘛，一个有这样本事的也没有，因为他们在我们那里是生来不被要求做饭的，女人们嘛，在我印象中，我只记得我伯母。

可是，我想说的重点是，我六岁开始学做饭，七岁的时候已经可以独自一个人做完一顿饭了。每天中午，我妈妈和奶奶干完农活儿回来，我已经把饭菜在桌子上摆好了。当然，我这么厉害，在村子里赢得了聪明、能干的名声。可是，我心里面是不愿的。

不过，做饭还好说，主要凭的是技巧。对小孩子来讲，这种轻体力劳动，如果智力上足够、手够巧，那还是可以做得到的。但是有些农活儿对小孩子来讲，就是噩梦了。你能想象，一个七八岁的小孩挑着几十斤重的担子吗？七八岁的小孩才多重？那担子比她都重了呀。我就是那个挑担子的小孩。在我七八岁的时候，偶尔，到了农忙的时候，我会被要求一起去干农活儿，有时候需要挑担子，我也只好上。我最怕挑担，腰疼。

"小孩子是没有腰的。"我奶奶在我喊腰疼的时候，这么评价我的抱怨。

好像我在骗她似的。

"小孩子哪来的腰？"我爷爷这样重复我奶奶的意思。他的语气更让我受不了。

我又要说到我的伯母了。我真的很感激她。在许多年里，我从内心里由衷地感激她。有时候，她也在田里，看到我妈使唤我干那些很重的农活儿，比如挑担，她会看不下去。一些不太重的农活儿，她虽然也看不下去，但是，她不会过来讲什么的。但是重活儿，她要跑过来跟我妈讲。

"云仙，娃太小了，怎么能让她挑担呢？她还得长个子，那么重的担子往她肩膀上一压，把个子全压没了。到时候长成个小不点儿，嫁人都困难。你不想让娃长大了嫁个好人家吗？嫁个好人家最终享福的是你和树民，对不对？别让孩子挑担了。你要实在忙不过来，我来帮你。"

我妈的自私体现在，她这个时候会意识到，她可以利用伯母对我的疼爱绑架伯母的心思，于是，她不回应我伯母，我伯母只好真的先放下自家田地里的活儿，过来帮我妈干一阵子。我伯母真的是个好女人，比我妈好。我妈过分愚昧，我伯母好很多。

我伯母对我真好啊。我被爸妈要求辍学的时候，她生气了，在我家里坐了一天一夜，哭着不许我爸妈让我辍学。我现在还清

53

清楚楚地记得她当时说的每一句话、每一滴眼泪。

2

　　在伯母来我家坐了一天一夜之前，我们学校已派人来过我家里。是我的班主任老师。知道我的班主任老师是谁吗？不知道你还记不记得，我跟你讲过，我出生那天被家里人丢弃到公路边的傍晚，是一个年轻姑娘在草窝里发现了我，并把我带回了村子，这才使得我没有真正被遗弃。我的班主任老师，就是那个姑娘啊。这不是巧，而是某种必然。邱新芳，邱老师，就是我的班主任老师，她从上大学的第一天，就确立了大学毕业后回家乡做老师的愿望。她回到家乡，是一种必然。她要用她的知识回报她贫穷、落后的家乡，让更多像她那样在农村历尽磨难长大的女孩子受到应有的教育。她以这样的抱负回到家乡，当然看不下去我家里人要让我辍学啊。

　　"艾代子学习成绩那么好，你们怎么舍得让她辍学呢？"邱老师坐在我家堂屋里，厉声责问我妈妈、奶奶，特别是我爷爷。我爸爸是不在家的，先前说过，他多数时间是在外地打工。但这件事，他是对家里进行遥控指挥的。

　　"我也不舍得……但是我有什么办法呀！"我妈细声细气地说，看都不敢看邱老师。我奶奶和我爷爷不说话的，他们知道自己理亏，说不过邱老师。

　　"你怎么没有办法？你是孩子的家长，你不让她辍学，她就

54

不用辍学。"

"读书要花钱。花不起这个钱。"

"能用多少钱？我们这种农村学校，能用多少钱？你知道城里孩子一年在受教育上得花掉多少钱吗？我们农村这些孩子，跟他们比，就是个零头。"

"零头那不也是钱吗？"

"这么着，艾代子上学的钱，我给。我用工资给。我实在看不下去，艾代子是我学习成绩最好的学生，我不能让她辍学。"

"邱老师，我先谢谢你。谢谢你的好意……但我要是听了你的，我没有办法跟树民交代啊。"我妈啜泣起来，"是他给我打的电话，叮嘱了又叮嘱的……说他那边现在有个机会，他的老板刚开了个面馆，需要小工……要是代子这次不去，不知道以后还能不能遇到这样的机会。"

"你给你男人打电话，让他告诉他老板，雇佣童工是违法的。"

"哪还敢给他老板这么说呢，这个机会，说不定是树民跟他老板求来的。他老板肯定也不想用一个孩子。这种小工谁都能干，人手好找……"

邱老师恍然大悟，一针见血地说："我总算闹明白艾代子在你们心目中是什么了。你们生下她的时候想遗弃她，因为我的多事，你们没遗弃成。没遗弃成怎么办呢？你们想到了废物利用。怎么废物利用呢？让艾代子给你们打工。在她还小的时候，你们让她在家里给你们打工，但那只能替你们分担一些活计，出不来钱。现在，艾代子十一岁了，长大了一点了，她可以去城里给你们打工挣钱了，于是你们迫不及待地要把她丢到一个面馆里去了。说白了，如果艾代子十一岁之前要不是太小、太矮，你们早让她出去打工了，你们连一天学都不会让她上。这都什么年代了，怎么还有你们这么自私的父母。"

"邱老师，你咋说得那么狠呢。我自家的女娃，能不疼吗？这也是没办法嘛。她爷爷身体不好，她奶奶身体不好，我身体也不好，树民一个人在外面打工挣钱，哪够一家人用，她现在有一个工作机会，可以挣钱帮帮家里，我们就让她去，这有啥嘛？我还一天书都没读过呢，我像她这个年纪的时候，不也是家里叫干什么就干什么……"

"你简直是愚昧。"邱老师怒不可遏，"艾代子的妈妈、爷爷、奶奶，我告诉你们三个人，你们让艾代子辍学可以，你们是她的监护人，你们实在想让她辍学，我是没有办法的，我们中国现在还没有哪条法律可以制裁你们这些监护人不让孩子读书，只好让你们如愿。但是，我们国家的现行法律可以制裁雇佣童工的人。艾代子要真的辍学了，我会时刻跟踪她的情况，她去了哪儿，我会跟踪到哪儿。谁雇用了她，我就向公安局举报谁。就叫什么人都无法雇佣你们家艾代子。就叫你们让她替你们打工挣钱的愿望变成一场梦。你们觉得，这样可以吗？"

"你怎么可以这样呢？邱老师，我们家对你咋的了，你要这样害我们家？"我奶奶突然大哭起来，指着邱老师痛斥。

我妈也搭腔："邱老师！我尊称你一声邱老师，你这样害我们家，你就不对了，就枉为老师了。"

"你们简直不可理喻。"邱老师无奈地说，"算了，我不和你们一般见识。算我求你们了，好吗？艾代子真的是个可造之才，你们真的应该让她读下去。这么说吧，你们看到我了吧，我小时候跟艾代子一样，家里也穷，家里也有人生病，但是我父母想尽办法让我读书，这不，我大学毕业回来了，正正经经的老师，虽然工资没法跟发达地区比，但好歹还是有稳定的收入，我父母现在就很享福啊，我每个月都能给他们钱花。你们就当给自己投资啊，现在让艾代子上学，将来她有一份稳定的工作，来养你们。你现在让她出去打工，以后永远是个缺乏文化和技能的人，这样的人，在社会上，能有稳定收入吗？未来能养活你们吗？你们就按照我这条思路往前看看，看到了吗？现在让艾代子继续读书，其实对你们来说是一件最好的事情啊。"

"邱老师，不说了，不说了。你有文化，说得头头是道。我跟你说了这么半天，脑子都疼了，我不想说了。"我妈半是求饶，半是下逐客令。

邱老师还想说什么，一直没有吭声的我爷爷突然摇晃着他干瘦的身体，向邱老师撞了过来。他的手里，拿着一把笤帚。"给我滚！滚出去！"他挥舞着笤帚，眼看着真的要扫到邱老师身上。他厌恶地高声道："你就是个最好的例子。女娃子读书的下场，不听话。你给我滚。"

邱老师如果不马上离开我家，笤帚绝对会落到她身上。如果我们村子里还有一个男人完全不把女人当人的话，这个人就是我爷爷。他在我们村里可以说是口碑最不好的一个男人。村子里谁都不敢惹他。现在，他发怒了，邱老师知道他对女人多恶劣的事情都做得出来，没有办法，她只好流着眼泪，叹息着离开了我家。

3

邱老师帮不了我了，我怎么办？

我要抗争。我爱上学，家里人不让我上，我要抗争。要知道，在我认为他们把我当童工使的时候，我唯一的希望，就是通过上学离开他们。现在，我唯一的希望要被他们掐灭了，我要抗争。我怎么抗争呢？还能怎么抗争啊，一个孩子能想到的办法是有限的，撒娇是没有用的，哀求是没有用的，只有绝食。

我第一天绝食，我爷爷在旁边冷笑，我奶奶当没看见，只有我妈妈，过来劝我不要这样。第二天，连我妈妈也不劝我了。大概，在她心里，她也是觉得，如果我做不到赶紧去爸爸给我找的那个面馆打工，那么就去死，死了的话，她还好跟我爸交代一点。我当然不想死，绝食第三天，我撑不住了，怕自己真的死掉了，那么一切都完了。正好我伯母发现了我在绝食，就把我弄到她家去了。

"娃啊，你怎么能寻短见呢！学，他们实在不让你上，你就不上吧。寻短见，那是不应该的。"

我没有料到伯母也那么快就能认同他们让我辍学这件事。大概她心里关于女孩子不必读书的思维跟他们是一样的吧。她跟他们的不同只是在于，她相对更疼我一点，她如果不想看到我辍学，那仅仅只是因为她不想看到我不高兴。现在，她发现我是没有可能不辍学的，她也只好为了让我重新高兴起来做我的思想工作了。

"娃啊，你听我讲，读书不一定非得要去学校，对不对？有一种说法，叫那啥，自学，自学对吧？你可以自学啊。"

"自学？"伯母的话倒真的让我脑子里打开了一道天窗。

"你看啊，你哥，宝贵，他比你大三个年级。他读过的课本，都还在。你可以看他的书。"

"他们不会让我看的。"我又忧虑起来。

"这个我有办法。我可以跟他们讲，你多来我家住。在我家，你怎么看书，他们都管不着了。"

"可是，他们让我辍学，是想让我去那个饭馆做工。我住不到你家。"

"哼！这个，我是不会答应他们的。你这么小一个娃，身子还没发育，就让你出去打工，只要我活着一天，我就不同意。他们要是非得让你出去，我就跟你一起走，看他们还会不会赶你出去打工。"

这确实是一个好主意。事实上，这也是有效的。伯母说到做到，在接下来的几天里，她顺利地说服了我爷爷、奶奶、妈妈、外地的爸爸，让他们暂时放弃了让我出去打工挣钱的念头，把我接到了她家住下来。

"那好！我看这娃个子的确小，让她再长一年个子，再让她出去打工。"爷爷这么对伯母说。

也只好这样了，这至少是个缓兵之计。伯母偷偷跟我咬耳朵："到了明年，我再想办法。先把今年混过去再说。"天哪！我的人生，是挨一年算一年吗？

接下来的一年，我几乎全部吃、住在伯母家里，当然，除了饭点和睡觉时间外，其他的时间，我多数是在自己家里、自家的农田里度过的，我家里的家务活儿、农活儿，我还得照干。这看起来非常有意思，也非常可笑：就仿佛我真的在打工了，只是，我替我家里打工，但食宿由伯母家管，这样，他们总归还是最大化地利用到了我乏善可陈的劳动能力。他们可真是会算计。也感谢他们这样的算计，因为这样在他们看来，比邱老师资助我上学但我还是要吃家里的饭要划算一点。所以，他们没有答应邱老师的方案，答应了我伯母的方案。

总体来说，伯母是我一生中最大的恩人。我怎么感激她都是不为过的。可惜，伯母去世得太早了，太突然了。就在我辍学第三年，她保护了我三年之后，有一天，她去镇子上赶集，被一辆车撞死了。

你要是觉得连伯母出车祸的事都是我编的，我只好闭嘴了。我只好说，你们的人生太好了，太幸运了，太风平浪静了，所以你们会觉得过于戏剧化的人生都是编的，至少在你们认识的人身上出现，你们就会潜意识地觉得那是对方编的。为什么你们会这样？我来回答这个问题，从本质上讲，你、你们和我、我们之间，有阶级隔离，这种隔离从你我出生时就开始了，你们被隔挡在幸运和平静的那一面，出生、长大、入学、就业，我们被隔挡在不幸和动荡的另一面，虽然你们知道隔挡在另一面的我们，但是我们跟你们是没有关系的，如果真的有一个像我这样的人，在你们耳边说我们的苦难、戏剧化的苦难人生，这就等于我们跟你们发生了关系，你们幸运、平静的人生怎么可能跟苦难的我们发生关系呢？这就是你们拒绝相信我的苦难人生的原因。

我只好祝福你们一生可以这么幸运和风平浪静，我只好羡慕你们。但是，我真的拿你们没办法，因为，你们的幸运出身使你们最后比我们拥有更好的职业，在这个社会上拥有更好的地位，你们掌握了话语权，到最后你们说什么就是什么了，你们因为不相信我们说我们是编的，那就真的变成编的了，我们的人生间接被你们说了算了。

我跟你们最大的问题就是阶级对立，你们认同吗？虽然现在的我看起来和你们一样，在一个城市生活，衣着光鲜，有正当职业、固定收入，出门有车代步，周末可以去酒吧买醉，假期可以去国外旅行，但是，如果撕开我们的底子，把我们最深处的东西露出来，你们，我，都会发现，我们是隔离在一道墙两边的人，你们在一边，我在另一边。你们永远不能真正懂得我。

但是我告诉你，我伯母真的是出车祸死的。更惨的是，撞死她的人不是一般人，是我们那个县政府一个部门领导的儿子，所以，他不但没有因撞人入狱，还运用关系让自己免了责，我伯母家一分钱都没赔到。

我不想再说我的经历了，好像我在跟你卖惨似的。你要觉得我是卖惨，那我就是卖惨吧。随你便，反正你过得比我好，你愿意怎样就怎样。

第 五 章

1

汪小白戴墨镜、口罩、绒线帽，一身黑，窝在傍晚的驾驶室里。车停在艾贷贷那套房所在小区大门口不远的位置。一个小时过去了，还是未见艾贷贷进入。这是一年中难得一见的闷热天气，汪小白脑袋忽然有点缺氧，下意识地闭上眼睛。他原打算打两分钟盹儿的，不想就持续进入了与睡神斗争的状态，就这样时睡时醒了。这样一来，一辆他认识的车开进去，他就没发现。时梦时醒间，那种似梦似记忆的情况又发生了。这次，他看到他和艾贷贷在她的房子里愉快地做爱。

那是他与艾贷贷结婚前夕，她准备搬到他那儿住去了，他随着她过来搬她的东西，就像所有热恋中的情侣一样，一旦进入了一个只有他们二人的私密空间，他们就想用最亲密的方式拥有彼此，于是他们就在门口的地毯上做爱了。

那天的他们多么幸福啊，多么愉悦。多少个日日夜夜，他们都是这么幸福和愉悦的。谁曾想，最近几天所经历、获知的一切，让汪小白如梦初醒——原来，那种在他当时的感觉中特别真实的幸福和愉悦，他和艾贷贷共同的幸福和愉悦，对艾贷贷来说是一种彻头彻尾的伪装。

汪小白被一种悲哀的情绪惊醒，睁开眼睛。那一刹那，他感觉到有人影由车前一晃而过。这次他没有像上次在医院时发生过的那样怀疑有人偷窥他了，这无非证明他在思念艾贷贷而已。

天已经完全黑下来了，汪小白回顾刚才亦是梦亦是记忆的脑中画面，忽然心生一念：何不去艾贷贷的待出售房子里走一趟？就当是寻访记忆？嗬！这么一想，汪小白激动起来。他快步下车，步履飞快地走向旁边那家链家门店。

艾贷贷就是委托这家链家为她独家代理售房的，门店里有一副房门钥匙。汪小白可以假称想进去看房，让链家小哥带他进房。

很幸运，上次接待他的那名小哥今天休息，今晚上班的小哥们都不认识他，这就免了一些周折——如果是那名专门负责艾贷贷这套房产的小哥的话，他很有可能受了艾贷贷的指示，专门要对她的前夫们提高警惕的。

很快，汪小白在一名链家小哥的带领下进入了艾贷贷的待售房子。一进去，汪小白看到门口那块地毯还在，他想起了那天的场面，居然心跳加速了。再往里走，艾贷贷的沙发不在了。他们在沙发上也做过。又往里走，床也不在了。他们无疑在床上也做

64

过。又去卫生间和厨房看了看，所有这些、那些他们做过爱的地方，能搬走的东西全部不在了。现在这个房子里面空空荡荡的。

虽然这里显得一切荡然无存，但那些记忆依然深刻在脑海中。汪小白在脑子里数了数，他们在这个房子里做过爱的地方，居然有八九处之多。可是，他才来过这儿两次啊，一次是帮艾贷贷把她的东西搬到他的房子里去，一次是把她的东西从他的房子搬回到这里来，一次是热恋中的自然结合，一次仿佛是刻意为之的分手仪式，就这两次，却换了八九个地方，可见，他们之间的爱，也是轰轰烈烈的。

可为什么到头来却发现这一切都来自一场欺骗呢？汪小白心里沮丧极了。

"哥，中意这套房子吗？"中介小哥问。

"噢！噢！"汪小白有点心虚，"我回去琢磨琢磨，要真感兴趣，我给你电话。"

"那今天就这样？"

"就这样，就这样。"

汪小白快步往外走，目光却越过客厅灯光，被对面楼上一户人家的灯光吸引。严格说，只是那户人家的窗户里面，有灯光闪了一下。现在完全可以用失恋来形容的汪小白该多敏感啊，这闪光，立即让他想到了工作中的摄像机。摄像机从哪儿来？赫炜昨天不是说了吗？他要在艾贷贷现在入住的房子对面租一套房子，架上摄像机，全天候地拍摄。赫炜给的那个地址，不就在艾贷贷的这套待售房楼上吗？

赫炜真的干了？这么快就租了房子、架上摄像机了？

汪小白飞快地跑过客厅，来到阳台上，瞪大眼睛，仔细端详刚才那个闪光的窗户。那儿，窗帘猛地被拉上了。汪小白一下子确信了，的确，赫炜干了。汪小白焦躁起来，向外跑去。中介小哥被汪小白的神经质惊到，手忙脚乱地锁了门去追汪小白。

汪小白早就进了电梯下去了。

下电梯，快步走过院内曲曲折折的小径，上那栋楼的电梯，敲那套房子的门……在此期间，汪小白心里响彻着一个坚定的声音：不能让赫炜这么干，不能让他得逞，不能让这个纨绔子弟这样泄私愤。另有一个质疑声却也在响彻：万一赫炜执意要干，他就跟赫炜翻脸吗？打一架吗？为了一个涮了他汪小白的坏女人跟同样被她涮了的另一个男人对着干？这值得吗？

汪小白感觉到一种深刻的悲哀，那种被爱情控制的悲哀，那种身不由己的悲哀，他在这样的悲哀中看到门打开了。出现在汪小白眼前的，是赫炜不耐烦的脸。

他居然亲自来了?! 刚才，汪小白错过的那辆车，原来是赫炜的车。

"你怎么来了？你来干什么？"赫炜有点意外，有点不耐烦。"噢！你想加盟我们的拍摄？这就对了嘛！作为一个受伤的前夫，全程观摩前妻一次感情的浮沉，那是种莫大的享受啊，你终于也想享受一下了，完美！"

赫炜打开灯，做了一个邀请的手势。汪小白错身进去，直奔窗口架着的那台摄像机。他站到摄像机后面，眺望对面的楼体。

很快，他找到了赫炜给他的地址所在的那套房子。此刻，那儿没有亮灯。

"我这辈子，没给任何人勒索过。何况是一个女人。我要是就这么善罢甘休，我就不是个男人了。"赫炜来到汪小白身后，一字一顿地说，"中国男人最在乎的是什么？尊严！算啦，你这种伪中国男人，是不懂我在讲什么的。"

汪小白转过身来，看着这个自称"为男人尊严而战"的人，愈发觉得讨厌。他由此觉得，就算艾贷贷是真的勒索过赫炜一套房产，她也自有她的理由。

顺着这个逻辑捋过去，艾贷贷与他办理离婚手续以来屏蔽他、拉黑他、拒接他的电话，诸如此类，难道没可能是因为她有什么难言之隐？

汪小白茅塞顿开，同时意识到：这几天自己完全处于一种思路不清、思想被人牵着走的状态，那种这几天来坚信艾贷贷是骗子的思想，突然之间就动摇了。

这种动摇却令汪小白感到害怕。可为什么要害怕呢？是因为爱情仍在，使他排斥这种动摇吗？有这个可能。

不管怎么说，有一点是肯定的：当此之际，汪小白宁愿相信艾贷贷有难言之隐，也不愿相信艾贷贷真的是女骗子。因为，万一艾贷贷不是女骗子的话，赫炜现在对她干的这一切，就完全不是她应该遭受的了。

必须阻止赫炜。汪小白想。

"我会让你这套房子白租，让你架在这儿的摄像机什么也拍不到。"汪小白向赫炜做了个鬼脸。

在赫炜不明所以的目光中，汪小白迈着轻松的脚步出门，下电梯，经过刚才经过的小径，直奔艾贷贷的出租房。现在他觉得自己不会戴墨镜、口罩、绒帽去拦截艾贷贷了，他已经有了不得不见到艾贷贷的理由。这个理由就是：他要告诉艾贷贷，有人在害她，这个人，就是她的首任前夫赫炜，此时此刻他正在心怀不轨地拍摄她，她得赶紧搬离现在的房子。

汪小白敲响了那房子的门，他所认为的艾贷贷租住的房子。门开了，一大片灯光扑向他。在汪小白的眼睛适应灯光之前的那一瞬间，他听到里面传来孩子撕心裂肺的哭叫声、成年人的争执声。汪小白站在这大门之外定睛一看，四双眼警惕地盯着他。眼睛的主人们拥挤地站在门里。他们是一个老年男人、两个中年男人，以及其中一个中年男人怀里的男婴。

一个俗常的家庭，突然被陌生人打扰后，所能呈现的，大概就是他们现在所呈现的这种状态。

"你找谁?"除了男婴，门里三个人几乎异口同声地问。

"我……我……"汪小白一紧张，英文冒出来了，"Sorry！Sorry！"

"你到底找谁?"三个人越来越警惕了。

汪小白像个真正的不轨之人转身向安全门跑去。他已经没有心思跟那门里的一家四口解释一下了，他所有的心思都用来替艾贷贷庆幸了。

这个赫炜，居然弄错了。这根本就不是艾贷贷租的房子嘛。

68

想想也不可能，她怎么可能给苹果店里一个素昧平生的小哥留下真实地址？果真那样，那太对不起她的智商了，过往的一切，都证明艾贷贷智商很高。赫炜居然信了高智商的艾贷贷给出的地址，他到底是智商低，还是被报复心蒙蔽了脑子？

然而，汪小白的老问题又回到了脑子里。他接下来该到哪里去找艾贷贷呢？

汪小白正在那儿兀自费着思量，就感觉后脑勺"啪"一声响，紧接着感到一阵剧痛。汪小白捂着头转过身来，看到刚才屋里的那个壮年男子之一，正举着一个他看不清的器物，气喘吁吁、愤怒地瞪着他。

2

这次汪小白找了朋友帮忙，弄到了一间单人病房。他额头上的旧伤未愈，后脑勺上添了新伤，简直就没了人样。汪小白躺在病床上，想给谁诉诉苦。刚巧这时电话响了，却是他厌恶的汪蓟钊打来的。

"过得还好吗，自食其力的汪一博先生？"汪蓟钊阴阳怪气地说。

很少有父亲用这种语气跟儿子说话，对汪蓟钊来说却是常态。七年前，汪小白与汪蓟钊在曼谷水火不容，为了彻底摆脱汪蓟钊的精神暴力，他便决定去泰国之外的地方读大学，就这样来到了汪蓟钊的出生地中国。其实，汪小白也是在中国出生的，两岁时，被汪蓟钊带到曼谷。

"有什么事吗?"

汪小白的语气是冰冷的。尽管已经过去了七年，尽管已经与他距离如此遥远，汪小白还能感受到与这个妻妾成群的男人同在曼谷生活时那种无处不在的压迫感。

汪蓟钊特别喜欢贬低汪小白。

"你怎么会这么笨?"

"你会什么? 你告诉我，你会点什么? 你就是个什么都不会的东西。"

"你连一堆粪便都不如。"

"粪便还可以做肥料，你呢? 就算是做肥料，我看也没有人会要你吧? 你一丁点儿的价值都没有。"

"像你这种对别人完全没有价值的人，就是寄生在家庭之上的一颗瘤体，我恨不得马上把你切割掉，一分钟都等不得。"

"像你这种傻子，不配做我汪蓟钊的儿子。"

如此这些，是汪小白在两岁到十九岁期间，日复一日要承受的汪蓟钊的谩骂和责难。汪小白不记得汪蓟钊对他的谩骂和责难是从他几岁时开始的。这一点也说明，汪蓟钊早在汪小白记事之前，就开始把谩骂和责难当成他与汪小白主要的交流方式了。很多时候，汪小白无法相信汪蓟钊是自己的亲生父亲，但汪小白的身体里确实流着与汪蓟钊同样的血脉，这一点毋庸置疑。

为什么一个父亲无缘无故就会对自己的亲生儿子如此暴虐? 一个男人，在什么情况下，才会日复一日地坚持用各种言语贬低自己的儿子？

只有一个种情况：这个男人本身太优秀，而且，他也自认为自己太优秀。另一方面，他眼里的儿子，实在太平庸，甚至低能和笨拙。要是再加上第三个条件——这个男人本身性格上就有暴力倾向——的话，那么，他对儿子的暴虐就是一种自然而然发生的现象了。

那些脱口而出的贬低儿子的言论，也有可能，是过于优秀的汪蓟钊无数次改造儿子的努力失败之后，实现平衡内心失望与展示自己强大的必然途径。权且这么来解释吧，否则，他对汪小白的所作所为，真的有点说不通。

不知道是不是跟汪蓟钊的长期语言暴力有关，汪小白很小的时候就容易犯头疼。去医院里查过，检测表明，汪小白的脑血管有轻微的畸形，他的头疼，是因为脑血管痉挛。青春期开始后，只要汪蓟钊一开骂，汪小白内心里的万般情绪就涌上脑子，最终就是一次脑血管的痉挛。痉挛中的脑袋有种炸裂的感觉，令汪小白时常产生幻觉。在幻觉中，他看到自己拿了一把刀刺向汪蓟钊。

汪小白十九岁来中国读大学后，尽管每年都会回曼谷两三次，但从来没有去见过汪蓟钊，表面原因是他不敢面对汪蓟钊汹涌的贬斥，深层原因其实是他惧怕那种头疼欲裂的感觉可能引发的后果。对！他惧怕自己因为突如其来的头痛失去理智。

汪小白平时看起来不爱动脑子，其中一个根本的原因，其实是思考多了脑血管痉挛有可能会复发。十九岁来中国读大学后，这一症状就再也没发作过了。

"没有事就不能打你电话了？我是你爸。爸爸关心儿子，理所当然。"

"谢谢你！我在忙，挂了。"

与过去曾经有过的那十七年里不同，经历了最近七年的冷战、不见面，如今的汪蓟钊与汪小白对话，是有所收敛的。现在他的语气软了下来，开始表现出一个父亲应有的关切。

"我打电话来，就是想问问，有什么需要我帮忙的吗？"

"你唯一能帮得上我的，就是尽量不打扰我。"汪小白语气冰冷。

"缺钱吗？"

"不缺！再说我就算缺钱也不会跟你要。你有钱，但我不会给你机会，让你彰显你有充足的能力去保护自己的孩子。"

一直以来，汪小白确实是这样坚持下来的。他从不愿意得到汪蓟钊的一点帮助，哪怕他一事无成。

"行！嘴硬！"汪蓟钊冷笑着说。

"挂了！"

"等一下！……你的泰餐馆开了吗？要不要我赞助你些钱？"

"不需要。我已经筹到资金了，很快就会开张。"汪小白撒谎。

"说谎了吧？"汪蓟钊忽然尖刻地说，"知子莫若父，你的能力有多少，能干什么，不能干什么，我闭着眼睛都想得到。当下状况极其复杂，人与人之间充满了不确定，到处都是陷阱，你这种单纯青年，只能被称为弱智。行了！别成天在中国碰壁了，早点回来跟我干吧。不想跟我干也没关系。你想干什么，我都能找到人帮你实现你的理想。"

"再见！"

汪小白生气地挂了电话。就在这时，他发现赫炜把他拉进了一个群。进去一看，成员已有赫炜和毕战群。原来，赫炜钟爱前夫群的死心不改，重新建了一个前夫群。这一回，他当群主，解不解散他说了算。

汪小白有心马上退出赫炜新建的这个前夫群，但又觉得不应做得如此绝对，就抱着"既来之，则安之"的心态专注地盯着手机屏幕，等着赫炜发言。他知道，赫炜马上就要发言了。要不是赫炜需要汪小白和毕战群这样的特殊听众，他又何必重建一个本已解散的前夫群？汪小白等了还没到一分钟，赫炜连续几条语音一并发出来了。这时护士进来帮汪小白量血压，汪小白就摁了免提，和护士一起收听赫炜的牢骚。

当然是牢骚了，还能是别的？他兴帅动众去他所认为的艾贷贷租住的房子对面租了一套房、架了摄像机打算长期地隆重观摩并记录她的新一段感情史，不承想却又被她涮了，这是对他尊严的又一次侮辱，是他所谓"为男人尊严而战"的首战失利，他能不生气？能不牢骚满腹？

"这个女人，太精明了，我又被她涮了。唉！我怎么就没想到，正当她全力躲避老三、躲避我们的这个时候，她怎么可能给苹果店留真实地址呢？"这是第一条语音。

汪小白打开第二条语音。"唉！今天我这么着急忙慌地把我们的群重新拉起来，是因为别的事情。今天我先放过艾贷贷，来跟你们聊聊别的女人。老二，你在不在？在的话，回复一个。"

当然毕战群没有回应。因为赫炜的三条语音在群里是连在一起的。汪小白就收听赫炜的第三条语音。

"老二，我没你的手机号码，只有微信号码，所以就在这儿给你留言。你回头听完了，回个话，好吗？哎呀！你说我最近这是怎么了，尽是女人来跟我过不去。眼下这个女人，把我搞晕了。老二，毕大律师，你在吗？我得找你帮忙。我们这层关系，这回你得好好帮我一个忙。"

这时，汪小白看到毕战群回复了。就简单一个字：在。

接下来，汪小白陆续收听完了赫炜发的十几条语音，最终弄明白赫炜为何如此急切地找毕战群帮忙了。原来，赫炜真的要陷到官司里去了。

简单说来，赫炜最近和一个女的打得火热，但这女的是他兄弟的情妇，那个兄弟，就是那个小影视公司的最大股东。其实，赫炜也在这个公司参了股的。这么说来，这件事的本质，就是一家小影视公司的一个小股东玩了大老板的女人。大老板是昨天才知道自己的情妇被赫炜玩儿了的，他觉得特别没有面子，要找赫炜算账。赫炜就跟这人闹崩了，并想马上退出这个公司。真正的问题出现了，那哥们儿拒绝赫炜退出，说赫炜想退出可以，但只能这样退出：除掉股东的名字，股份交出来，不拿走一分钱。为什么呢？因为这个新成立的影视公司根本没赚到过钱，几个股东当时投进去的钱，早被玩光了。赫炜要退出，哪有现金给他？

汪小白搞懂了赫炜此番焦虑的来龙去脉后，心下对赫炜产生了更大的厌恶。他的关注点，在于赫炜与女人的关系上面。原来他是一个如此酷爱寻花问柳的花花公子。照他所讲，女人在他眼里就是玩物，根本不值得对她们动一点情。

汪小白想起了他父亲汪蓟钊，从小到大，并不跟他一起生活的父亲的绯闻，连他的同学和朋友都知道很多。汪蓟钊的那些绯闻带给汪小白的是同学和朋友对他的嘲讽，这些嘲讽使汪小白从小就在心里树立了"跟女人乱搞关系是不道德的"这样的观念。是啊！在这方面，汪小白有最正确的三观。

此刻，汪小白觉得赫炜三观严重不正确。赫炜对艾贷贷动过真情吗？根本不大可能。话说到这里，汪小白犯起了迷糊：依赫炜这种性格，他是断不可能想结婚的，怎么却跟艾贷贷结了婚呢？

汪小白正兀自迷惑不解着，却看到毕战群难得发了一段语音出来。汪小白收听：

"小赫，你眼下这个棘手的问题，要是信得过我，委托我来帮你处理没有问题。这个事处理起来，涉及很多具体的细节，我需要慢慢和你沟通。趁此机会，我想跟你聊点今天的题外话。"

"老二，您说话别那么生分好吗？我们这层关系，不是兄弟，胜似兄弟，你有什么话尽管直说，不用客套。"赫炜说。

毕战群发了个微笑的表情，而后说："其实这个话，那天我就想跟你说。那天，你说你要租个房子，架个摄像机，追踪拍摄艾贷贷当前的情史，我就想跟你说，你真的不应该这么干。当时，我以为你只是说说而已，图个嘴皮子痛快。今天你透露出来，你居然真的去干这件事了。所幸，你弄错了艾贷贷的地址，让你的拍摄计划未能真正实施。"

"老二，可以不说这个话题吗？"赫炜的语气显得有点不耐烦了。

"不，请让我说下去。我只想跟你说，你拍摄艾贷贷的目的，是因为你觉得艾贷贷眼前的感情史又是一场笑话，你想向大众展示艾贷贷的这场笑话。但是，人生在世，在其有限的生命里，谁没闹过几个笑话呢？善良的人看到别人闹笑话，会默默地低下头来，假装看不到别人的笑话。正因为大家都心存这份善意，这个世界才没有那么多的冤冤相报。就拿你现在来说吧，不客气地说，你现在面临一场人生的笑话，你是希望现在有人拿着摄像机全程报道你与你的哥们儿、你们共同的情妇之间的三角恋爱以及由此引发的矛盾吗？你肯定不愿让自己成为公众茶余饭后的话题中心，被众人评论乃至唾骂？你说呢？"

赫炜沉默了，几分钟的时间里，他没有回复。看来，还是毕律师口才好，懂得抓住时机做思想工作。赫炜的沉默基本上说明他已经被毕战群说服了。

汪小白所关注的点却在于，他发现在对待艾贷贷的态度上，毕战群虽然确信自己也被她骗过，但毕战群对她还是留有余地的。这时，汪小白看到赫炜发出一条简短语音："毕律师，行吧！就按你说的做。"

"那么好！我希望，以后我们在群里，都不要再提艾贷贷了。"毕战群迅速回了这么一条语音。

3

那是个假地址，找到艾贷贷的唯一线索就这么断了，暗自认为自己非得找到艾贷贷的汪小白，现在该怎么去寻找艾贷贷呢？躺在病床上的汪小白一筹莫展。那种因为觉得此后极可能再也见不到某个人的恐惧刺激着汪小白对艾贷贷的想念，他感到他对她的想念加剧到他不能接受的程度了。

汪小白满心焦虑、烦躁地闭上眼睛，强行让自己睡觉，却怎么也睡不着。天黑下来了，汪小白一动不动地躺在一片寂静的昏暗病房里，种种与艾贷贷的愉快回忆跳跃着纷纷来到他的脑海，他看到艾贷贷在向他笑，在向他撒娇，像个小女孩一样地向他抱怨着一件什么他早已经忘记的小事，他看到他们的诸多激情时刻，那时候，艾贷贷总是那么投入和兴奋，不能想象，这些都是艾贷贷伪装出来的，艾贷贷真的是个骗子吗？还是说，她是一个投入型的骗子，在怀着不可告人的欺骗的目的的同时，也善于让自己去享受爱情的美妙？果真这样，她的骗术也真的是太出神入化了。

汪小白在心里面思忖着，忽地感觉自己的脑子疼痛起来。一些久违的记忆涌上心头，比如十九岁之前隔几个月就会发生一次的脑血管痉挛症。最近这段时间用脑过度，旧症要复发了吗？汪小白赶紧停止思考，他闭上眼睛，试图让自己脑袋里变得一片空白，但他越努力，脑子里充塞的思绪就越庞杂，渐渐地他头痛欲裂了。过去七年从未犯过的脑血管痉挛症，终于复发了。汪小白痛苦地睁开眼睛，对脑血管痉挛症发作可能会成为家常便饭的未来充满恐惧，就在这时，他透过门上的玻璃看到外面有一张脸一闪即逝。

跟上次不同，这一次，汪小白没有任何怀疑，他确信自己看清楚了，就在刚才，门外的确有一个人。汪小白一骨碌从床上爬了起来，飞奔至门口，拉开门。现在，他清楚地看到，十几米长的走廊的尽头，一个女人的背影在快速向前移动。由于她刻意穿着一件宽松的风衣，看不出她的体形，但是身高是掩盖不了的。与艾贷贷的身高一样。

"艾贷贷！"汪小白大步流星追了过去。

那个背影，掠过走廊的尽头，消失在另一条走廊里了。等汪小白追到这两条走廊的交结点上，看到现在的这条走廊里有许多病人、家属、医护人员穿行，而那个背影穿插在他们之间，时刻就要被他们侵吞的感觉。

"贷贷！贷贷！Stop！Please stop！"汪小白高喊着。

那个背影加快速度向前，眼看着，就要像先前一样在这条走廊的尽头消失了。汪小白急中生智：

"骗子！抓住她！她是个骗子！帮我抓她！啊！抓骗子啊！抓骗子！"他大声寻求着走廊上众人的帮助。

人们只是不明所以地看了看从他们身边跑过的汪小白，并没有给予他任何协助。背影再次消失了。汪小白奔至消失的地点，那是一扇紧闭的门。汪小白拉开门，发现这不是一个房间，而是一个通道。通道的另一端也是一扇紧闭的门，等汪小白拉开门来到这门的外面，发现它所面对的一个电梯刚好显示到达了一楼。汪小白有心坐电梯或直接从安全通道下去继续追，却感觉脑袋更疼了，疼得有点眩晕了。

汪小白只好作罢。他心怀沮丧，脚步有些趔趄，穿越两条走廊，去往他的病房。途中，他疼痛的脑子史无前例地变得极具洞察力，它使他迅速厘清了一些事情：

艾贷贷在他两次住院期间，都偷偷在探望他，说明她关心他；她现在还关心他，说明她对他是有真正感情的；她对他现在都有真感情，那么先前更加是真感情了，那么，她在与他相识、结婚期间所表现出来的种种愉悦的感觉，很有可能不是装的。

原来艾贷贷真的爱过他啊。汪小白脑子里面突然一片清明，疼痛的感觉随之神奇地消失了。只要她爱过他，她是不是骗过他什么，似乎没有那么重要了。汪小白还要像这几天那样如此疯狂地非要找到她不可吗？汪小白想，未必了。不了。

就随艾贷贷去吧，她屏蔽他，拉黑他，自有她的理由，他本来就爱她，而现在他确认了，她一定也是爱他的，那么，他就更应该继续爱她，爱她，就尊重她的选择，随她的心意，她想躲，就让她躲吧。

等到汪小白躺到床上，又进一步补充地想道：假设哪一天，他真的想找到她，其实会很简单。他可以利用艾贷贷对他的关心，引她上钩。

想至此，汪小白不再痉挛的脑子有一种通透的感觉。他本来就是个明朗、活泼的人。这一下，终于回归了自己的天性。回想这几天来，他沉浸在某种情绪时，越陷越深，快把自己变成另一个人了。现在好了，他不再被某种莫须有的执念禁锢了。

第 六 章

1

我当然是个骗子。这是事实。这是毫无疑问的。我没有必要隐瞒。我没有必要狡辩。我倒是想告诉你一点：我并不以此为耻。让你意外了吧？抱歉。

确实可以认为，H 的那套婚前房产，是我用了点办法使他转让到我名下的。我不但骗走了他那套房产，我还骗取了他的信任，获得了某些证据，据此迫使一贯"只恋爱不结婚"的 H 跟我结了婚，又用同样的方法，迫使他跟我离了婚。我骗了他，把他骗得晕头转向，把他骗得事后一想到我就头疼。但我真的不以骗过他为耻。这是他这种人应得的报应。

不过，如果不是因为那件事情，我是不会精心设计与 H 的结婚、离婚的，我讨厌他。他这种人，根本不配与我结婚。

我第一次见到 H，是在银行春节前对重要客户的答谢会上。

H是公司的重要客户。那是三年前，九月初的一天，我刚刚入职这家银行。较真儿说我不能算是银行员工，因为我是跟一个金融服务外包公司签的劳务合同，这个公司包揽了我入职银行的大堂经理、大堂助理、大堂引导员的业务。由于才大学毕业，作为一个职场小白，我当时是一个大堂引导员，还处于实习期。

答谢会上我和另外一个大堂引导员，同样是实习生的大堂引导员，被领导要求陪好H和另一个大客户，我这位同事陪H，我陪另外那位客户。感谢那位客户，也许他是个靠个人打拼白手起家的人，他知道像我这种人的不易，他一点都没有为难我，相反在KTV的时候，他感到很不适应，提前离开了。但我的那位同事，那个女孩，就没那么幸运了。她被H灌酒、挑逗、搂抱，整个晚上都处于紧张和强颜欢笑中。H对她所做的一切，我全看在眼里。其间，我还看到H不依不饶地要求那个女孩把他倒给她的一杯酒喝掉，可我和那个女孩，都看到了：H偷偷在那杯酒里弹了一点烟灰。女孩不好意思戳穿他，只是礼貌地拒绝着。H也没再强求，他本意也只是跟女孩开个玩笑吧，人家不愿，他就算了。但是，当晚我脑子里就再也绕不开H那根向酒杯弹烟灰的手指、飘向酒杯的烟灰、在酒里恶心地散开的烟灰……这个臭男人，心里得有多不尊重女性，才会这样来恶作剧？

那个晚上，我从同事那里听到H的故事：父母是高官，从小学习很差；大学是在国外读的，因为国内的任何大学他都考不上；利用父母的威慑力，富有生意头脑的H在二十五岁就经营出了自己的一套商业帝国，当时已经身家好几千万。

也许，喝酒、被挑逗、适当的搂抱，甚至来自男性的恶作剧，对久居职场的年轻女性来说，就是一场普通的职场应酬的题中应有之意，比如，当天晚上，我就看到，我们公司一个女经理是多么适应，甚至享受它们。但我和那个女孩初入职场，真的不适应。在KTV里，我数次看到那个女孩向我投来无助的目光。中间，还发微信向我抱怨：

"这个男的烦死了。什么时候结束啊？我困死了。"

也许是我自己太敏感了。那个晚上，我的心情非常不好，我被一种极大的悲哀的情绪笼罩着。这种悲哀情绪令我放大了人们当晚的表现，让我对他们吹毛求疵。在饭店，宴罢，他们离去时，我回头看到桌上几乎没有动过的龙虾、大闸蟹、上等的海鱼，这些美食让我想起在我小的时候，夏天的傍晚，我因为多夹了几筷子剩菜，我妈用筷子把我的筷子从菜盘里愤怒地拨开，那只是小半盘的炒白菜啊。这就是我食物匮乏的童年，因为食物匮乏，要遭受常人不能理解的亲情的沦丧。

我还想起，十四岁那年，我独自离开家乡去外地漂泊的那几年，我经常过着食不果腹的日子。有一次，我身上没有了一分钱，又不好意思乞讨，我就蹲在马路边，看到对面马路上有一个垃圾箱。路过的人往里扔垃圾，我看到一个人把他吃了一半的汉堡扔了进去，等他从我眼前消失，我毫不犹豫地冲过去，把汉堡捡了出来。

在KTV，他们唱着在他们看来口口相传的流行歌曲，我几乎一首都不会唱。在它们流行出来的时候，我通常都没有机会听到它们。我想起在此之前的十多年里，我四处漂泊，在不同的工厂车间、饭馆、酒吧，谋求一份工作，在不同的宿舍里的高低铺之间，整夜辗转反侧，我哪里有时间去听它们？

我还想起，当我终于度过了长达八年的边打工边读书的日子，拿到一所二本大学的通知书时，我没有感到丝毫的激动，因为我突然想到，我再也无法打工了，这意味着，我没有钱读大学。让我去问家里要吗？根本不可能，想也别想，更何况，我也不想去跟家里要，我连告诉他们我被大学录取了也不愿意。事实上，我离家出走后，就不再跟他们联系，久而久之，他们也不再能找得到我。在这个世界上，我是一个孤独的人。我一个人在这个世上，没有人帮我。我上大学的钱从哪里来呢？勤工俭学吗？不！我不想。那个时候，我下定决心，要把未来四年的大学时光里的每一分钟，都交付于学习，不要用它们去打工。这对我来说，是多么珍贵的学习机会啊，我一分钟都不想把它们浪费掉。我想到了一个办法，贷款。就这样，我贷款上学。你们因为我这个经历戏称我为艾贷贷。我觉得你们够无耻。

好吧！我现在跟你讲讲，到底是什么事情让我想去跟 H 结婚。那是因为我妈病了，重病，急需一笔钱做手术，这是一笔巨款，我一个实习生，温饱问题尚难解决，哪有这笔钱给她？只有用非正常的方法得到这笔钱。

我大概说过这样的意思：在我十四岁离家出走后，我慢慢与家里人断绝了联系。那么，我是怎么知道我妈得病的消息的呢？这得怪我自己。其实，我离家出走后的十几年间，虽然我家里人慢慢地不再能够找得到我，但是我自己，还会去找他们的。偷偷地去，偷偷地离开。几乎一年一次。对！我每年会偷偷回一趟老家。

我没有回到村子里去，从来不。我每次回去，都住在镇子上。村子里的人，每天都有来镇上的，他们中的任何一个，我当然都认识。多年以后，出于彻底摆脱家人的心愿，我整了容，村子里的人，已经认不出我来了。我向他们打听我家的情况。直到我得知我的家人个个无恙，我才放心地结束这一次探视之旅。

就在三年前的三月一次探视中，我听到了我妈得重病的消息。她突然被查出得了严重的肾功能衰竭症，已经到了必须换肾的地步。我家里人，我爷爷、奶奶、爸爸，正如你所猜到的那样，都觉得，这样的病，就算真有钱换了肾，换肾后每年的医药费开支，也不是没有医保的他们有能力承受的，他们毫无疑问不会考虑给我妈换肾。

但是我心疼我妈，虽然，我多少也恨她，恨她的懦弱，恨她的愚蠢，恨她对我所做过的那些事，但是她毕竟是我妈啊，我不知道她得病的消息还好，我知道了，我能放任她就这么死了不管吗？我做不到。

我要救她。必须救她。

2

我先弄到了一些 H 不宜示人的证据，比如与女人的不雅视频。如你所认识到的那样，像 H 这样的人，难以避免地有些此类行径。

其实，我一开始的计划，就是简单的勒索。找些 H 羞于示人的东西，放到他面前，让他给我一笔钱。我没有想过要跟他结婚。结婚，是 H 后来提出的。

当事情发展到最终我与 H 私下里进行谈判时，H 突然提出，给我一笔钱可以，但是我必须付出相应的代价。我能付出什么代价呢？当然是身体了。H 说，我只要答应陪他半年，他就可以给我付这笔钱。而且可以预先支付。

我当然不愿跟 H 结婚。但是 H 就愿意吗？如果不是因为我拿出那些东西控制住了他，他也许是个一辈子不想结婚的人，不结婚可以玩各种各样的女人，结婚就没那么好玩儿了。现在 H 结婚，只是出于自保，在适当委屈自己与不要过于委屈自己之间，找到了一个折中的方案而已。这个方案从形式上看，是结婚，实质上是包养。

这就是生意人，他们总能找到两全其美的合作方式。我当然不愿真的拿着这些证据去控告 H，那样我自己其实一个子儿都得不到。那不是我的目的。我答应了 H，这就是我们那场婚姻的来源。这是一场不得已而为之的合作，一次形式婚姻。到了双方协定的结束期，我们迅速解除婚姻。

可是，我多么厌恶 H 这样的人啊。可以说是与生俱来的厌恶。我勒索了他，他居然也趁机勒索了我，让我向我千疮百孔的生命交付了一次恶心的婚史。我怎么能够容忍 H 对我的这次勒索呢？先前的证据，在我们谈判成功的时候，我当着他的面销毁了。在他与我离婚的时候，我偷偷又准备了一些证据，故伎重演，让他不得不付出一套房产。多付出的这套房产，不是他预料当中的，这是我最让他生气的地方。

你知道吗？在我跟他离婚的时候，H不信我已经销毁了所有东西，比如不雅视频，他认为我会留有备份，等着以后再以此勒索他。我听说前几天他曾经偷偷在他所认为的我租住的房子对面租房拍摄我的隐私，声称他这是"为男人的自尊而战"，你小看他了，他才不是那种为某种意气而战的人，他要去战斗，就只是因为他觉得我手里还有那组照片而已。他想得到一些我的不好的证据，以便用证据来钳制我手上的他的证据。他认为通过偷拍能够得到。他真有什么"为男人自尊而战"的行为，那只有一个，他没好意思告诉你我是怎么胁迫他的。

他没有那么容易偷拍到我，也没有那么容易用任何他想到的办法从我这儿获得什么可供他反威胁我的证据。我对这个世界充满警惕，他能想到的，我提前都能预见到。至于他想找到我，只要不是我自己想，他还真的不容易找到我。

第 七 章

1

直播中的汪小白化了"憔悴妆"，一副快要死掉的样子。他用半死不活的语气，半是恶搞自己，半是真心实意，如泣如诉地说：

"在我之前二十六岁的人生中，我觉得我是快乐的，但在我二十六岁这一年夏天，我的快乐突然离我远去了。生命无常啊。真没想到，我的人生就因这一纸诊断书而要终结了……"

汪小白把一张纸拿到镜头前展示。这是一张证明他得了绝症的诊断书。

汪小白当然不是得了绝症。这张诊断证明，是他特意为钓出艾贷贷而制作的。

艾贷贷既然连他脑袋上受了点轻伤都要担心，现在，他出示了他的生命将要终结的证明，她能不担心吗？看到汪小白这段直播，她一定急死了吧。她是汪小白的粉丝，这个汪小白知道。依然关心汪小白的她，最近一定会偷偷上来翻看他的直播账号。等她收看完这段视频后，她一定会像前两次做过的那样，偷偷地来看望汪小白。到时候，汪小白可以来瓮中捉鳖，看她还往哪儿逃。

汪小白不是已经想好了要"随她去"了吗？怎么又要来钓她了呢？

这个问题很简单，随她去归随她去，但最好还是要对她的动向有所知。不然的话，万一她要真是出了什么事情，他汪小白连去哪儿帮她都不知道。

汪小白想好了，等到艾贷贷出现后，他不像以前那样打草惊蛇，而只是偷偷跟踪她，进而找到她的真正住处，以及那些她现在经常出没之处。

现在汪小白停止了对着镜头的表演。他忽然意识到自己忽略了一件事：在这个世界上，眼下关心他的人不止艾贷贷一个，还有汪蓟钊。

汪蓟钊是做建材生意的，四十岁以前，在世界各地做生意，对汪小白疏于理会，四十岁后，他的身体不如从前，他不再愿意满世界飞来飞去了，加上有一年生意严重受挫，他心里面有了点金盆洗手的念头，于是，他便将自己原本分布在多达二十个国家的生意缩小到几个国家，并将它们分别交给该国的合伙人打理，自己则长年居于曼谷，处于准退休状态。变闲的汪蓟钊突然开始关心起汪小白来了，在此之前的许多年里，汪小白对他来说更像一个专门用来听他教导、训斥的学生。汪蓟钊不关心汪小白还好，一关心，自感强大的他就对总是弱鸡一样的汪小白只剩下了看不惯。现在，由于汪小白出于对脑血管痉挛症的恐惧远离他来到中国，汪蓟钊就是想训斥也不敢训斥，他只好每一次将它柔化为怪异的寒暄、叮咛、关切，不过，它们并非虚情假意。

怎么办？汪蓟钊也会看到这段视频的，汪蓟钊一定会笑话汪小白，一定会像以前一样，找到冠冕堂皇的理由以便把他押送回曼谷了吧？

汪小白赶紧下线。下线前，删掉了先前自动存录的今天的直播内容。他在屋里坐了一会儿，取了车钥匙出门了。他得找个地方好好坐下来，想一想下一步怎么办。

他一个人去了嘈杂的太古里，找了家咖啡馆，坐在靠街的位置，一边无聊地打望来来往往的红男绿女，一边想心事。有个男人引起了他的注意。像他曾经做的那样，这个男人大夏天的戴墨镜、口罩、帽子，鬼鬼祟祟地多次从他面前经过。因为墨镜的缘故，使汪小白不能确认这人在看自己，但汪小白认为他一定在看自己。

为了确认这个人到底是不是在看自己，汪小白埋单离开咖啡馆，时快时慢地在太古里街区里穿行，他发现，他快的时候，这个人也快，他慢的时候，这个人马上也慢下来。毫无疑问了，他就是在跟踪汪小白。他是谁？为什么要跟踪自己？汪小白脑子里悬着这两个问题。但是，这个时候，他还没有把他的问题与艾贷贷联系到一起。

几分钟后，汪小白在地下停车场上突然转过身来，在这个人还没反应过来的当儿，抓住了他。等汪小白经过一番搏斗取走了此人的墨镜、口罩、帽子后，吃惊地发觉，此人正是那天被赫炜在前夫群里热议、自己在万象城楼上见过并被他袭击了的那个所谓的准"老四"，二乎乎的"Siri迷"或"暴君"先生。

"是你？你为什么要跟踪我？你是谁？"

汪小白闻到此人身上一股难闻的体味，那不是因为不洗澡导致的，是长年作息不规律、每天吃垃圾食品、嗜烟嗜酒的那类人的专有体味。汪小白厌恶地往后一让，却见这人逼近了自己。

"我是谁？"这人突然目露凶光，向汪小白挥舞了一下手臂，"这个问题该我问你。你是谁？那天你为什么要追她？你跟她是什么关系？"

汪小白蒙了，无法回答此人一个字。他定了定神，打量这个人。现在，他比那天更清楚地看清楚了这个人：三十出头，浑浊的双眼，与年龄不相称的法令纹，一根冒出鼻孔外的鼻毛……汪小白倒吸一口冷气，心想，艾贷贷是疯了吗？怎么跟这样的人好上了？

"你看什么看？"这个人怒不可遏地又向汪小白挥了一下手。

汪小白冷静下来了。不管这人多么讨厌，他此刻都该欢呼。他朝思暮想寻找与艾贷贷有关的线索，现在作为线索的艾贷贷的"相好"，这个男人，自投罗网，近在眼前，他不该欢呼吗？

汪小白有点激动了，示好地伸出手来，要跟对方握一下手。那个人却把他的手拍开了。

"说话就说话，别动手动脚！说！你和她到底是什么关系？"

"我是她……好朋友。"汪小白留了个心眼。

"好朋友?!"这人莫名其妙地一乐，饶有兴味地重新把汪小白打量了一番，"她如今进入上流社会啦，交的朋友都挺上档次啊。看你这穿得体体面面的，长得白白净净的，你也是个有钱人吧?"

汪小白不想和他聊任何无聊的话题，耐住性子，友好地微笑着，温和地问："能带我去见一下艾贷贷吗?"

那人一惊，烦躁。"艾贷贷没在你那儿?"

汪小白也一惊，"你也在找艾贷贷?"

"回答我！艾贷贷有没有在你那儿?"

"……她要是在我这儿，我还问你这话干吗? 说实话，我找了她好几天了。那天，在万象城，我终于找到她了，但是……你都看到了……"

"哦……这样！哎呀！艾贷贷不见了，我到处在找她。"这人说。

"你也在找她?"

"对啊！"这人突然转换了一副亲热的样子出来，"既然咱俩都在找她，那莫不如找个地方好好合计合计怎么找到她。"

汪小白被他毫无过渡的转变弄得一怔。

"忘了自我介绍了，我是她堂哥，我叫艾宝贵。"

这人主动拉开汪小白的车门，先自上了车。

堂哥? 原来是她堂哥? 汪小白惊讶不已。

在车上，艾宝贵对瞠目结舌看着他的汪小白说："她不见了。我找了她一天一夜了。我们全家都在找她。"

2

"她就是个白眼狼。"

他们换了家奶茶店，艾宝贵想喝奶茶。现在艾宝贵一边喝着奶茶，一边玩着手机，兼顾跟汪小白说话。他尽可能说普通话，但还是难以避免地带着乡音。由于缺乏中国乡村经验，汪小白无法深刻地体会到艾宝贵正在展示某种悲哀。有一种人，使劲地想让别人无法从他的发音、语气里听说他的出身，但是他缺乏这个能力。这就是艾宝贵挟裹着土味的普通话所昭示出的他的悲哀。汪小白的注意力全在艾宝贵的手机上，不，准确地说，他的注意力在艾宝贵与他手里的手机所构成的关系上：

他太痴迷这只手机了。这是苹果 XS 系列的一款香槟色手机，目前来说苹果手机的最新款。跟汪小白正在用的手机是同款，只不过汪小白这款是黑色的。艾宝贵对一只新款苹果手机的痴迷，使他显出了一种与年龄不相称的幼稚。在他这个年纪，对一只新款苹果手机表现得如此痴迷，是不可思议的。

"我问你，我是谁？"艾宝贵又开始调戏他手机里的智能机器人了。大概这种游戏是他得到这只手机后的最佳娱乐方式。

"Siri"回答："你是暴君！反正你是这么告诉我的。"

"你可以不看手机跟我说话吗？"汪小白打断了艾宝贵，他急切地想从艾宝贵嘴里听到艾贷贷的一切信息。"你给好好说说，她怎么就是个白眼狼了？"

"你等一下，我刚弄明白了一个新功能，让我多玩一下，熟练熟练。"艾宝贵并不是卖关子。他实在是太爱这只手机了。"这个手机太好玩了，我从来没有用过这么好的手机。帅哥你知道吗？在我们村里，只有一个在外面做老板的人，他才给他儿子买过苹果手机。他是老板啊，自己都不舍得买，只给儿子买了一个，可见这手机多金贵啊。我应该是我们村里用苹果手机的第二人了。"话至此，艾宝贵才发觉汪小白的手机跟他同款，"怎么你也有？"他的声音吃惊且不满。

汪小白有点无奈，不知道该怎么回应他。

艾宝贵撇嘴，"你的颜色没我的好看。你怎么这么土呢？买黑色？！"

汪小白只好按捺住想从艾宝贵嘴里套出艾贷贷信息的冲动，耐心地与他探讨手机。"对对对！咱俩用的是同款苹果手机。我跟你讲啊。咱俩用的这款，是苹果最新款。你们村那个老板的儿子，不一定用的是新款对吧？所以说，你是你们村用最贵手机的人。"汪小白最后这句话，在他自己以为，属于讥讽。

"我知道是最新款啊，还用你提醒我？我要买当然就买最新款。"艾宝贵得意起来，"那天，就是咱俩第一次见面那天，在万象城，她可不想给我买最新款的，是我坚决要最新款的。加上买的保修，总共花了一万三呢。"

"她帮你买的？"汪小白很意外。

94

"对啊！我们家养过她那么好几年，她给我买只手机报答我一下，有什么问题吗？"艾宝贵眉头往上挑，"她还不想买，想买一只六千块的旧版苹果手机糊弄我，我有这么好糊弄的吗？白眼狼！"

"这就是你说她是白眼狼的意思啊。原来她是被你们家抚养长大的?!"

汪小白抓住机会开始套艾宝贵的话。他要用从艾宝贵嘴里套到的信息，去核对艾贷贷跟他讲过的相关信息，以便确定哪些是艾贷贷说谎的，哪些她又说的是实情。可是，面前这个男人说出来的就一定都是真实的吗？……管它呢，先按自己的逻辑套出点儿他的话再说。

"也不全这样。我不知道她跟你说过没有，她在她家里不受她父母、爷爷、奶奶——也是我爷爷、奶奶，不受他们待见，这么着她小的时候就老爱往我家跑。我妈对她好嘛。一年到头，她能有一半时间在她自己家吃和睡就不错了。多半的时间，是吃、睡在我家。你算算，就算是我家只养了她一年，她欠我们家多少？何况，我们家养了她多少年？让她买只新款苹果手机报答我，过分吗？不过分，一点都不过分。Siri，你说，她该不该报答我？"

艾宝贵手里的手机发出"嘀"一声提示音，而后里面的智能机器人回复他："我不明白你的意思。"

艾宝贵马上要投入到与这智能机器人的唇枪舌战，汪小白提前将此扼制。"别玩手机了好吗？"

"Siri，我先不玩你了。我先来好好收拾艾代子的这位帅哥朋友。"

话毕，艾宝贵把手机装进兜里，两只手搭到沙发扶手上，冷冷地看着汪小白。"你是在套我话吧？为什么？哼！别总是你套我话，轮到我来问你话了。"

"你想问什么？我知无不言。"

"你跟艾代子到底是什么关系？"

"我不是说过了吗？好朋友。很好的朋友。"

"只是朋友而已？那天你为什么追她？她又为什么不让你追到她？那天她跑走了以后，我也问她这两个问题，她就是不说。"

"真的只是朋友。我们之间有点误会……所以，那天就那样了，对！就那样了！"

"什么误会？能说说吗？"

"就是……朋友间的一点小误会。不方便跟你说，不方便说。"

"有什么不方便的？你不说我就不相信你们只是朋友。"

汪小白有点无可奈何，突然他灵机一动，他没来由地觉得说出下面这个理由能让这个男人再不纠缠这个问题。"她欠我钱。我追她，是想叫她还钱。她不让我追上她，是不想还我钱。懂了吗？"

汪小白从小没有撒谎的习惯，难得撒谎让他很心虚，他感到自己说这话的时候脸上在发烫。所幸，这人没朝汪小白脸上看，他信了汪小白的话。

"那行。她是你好朋友，你应该知道我刚才跟你说的这些——艾代子小时候的事吧？"

"她告诉过我一些。她确实跟我说过，她小时候算是被伯母半收养过。这些与你说的吻合。"

"她还跟你说了些什么？"艾宝贵冷静地问。

"我所知道的是，她小时候被家里人差点遗弃，三年级被家里人要求辍学，十四岁离开了家乡去了外地打工，多年后凭自学考上大学，大学毕业后来这个城市工作。大致是这样。其实，她很少跟我说她小时候的事情。只是有一次，为了满足我的好奇心，简单地说了一下。说实话，我对她的过往知之不多。我觉得，她的过去对我来说并不重要……"汪小白说着说着发觉自己进入了一种内心剖白，这样很不好。他赶紧补救："我只是她的朋友嘛，朋友而已，所以，她的过去对我来说并不重要。"

艾宝贵站起来，思索着，走了两步。忽然，他诡秘地向汪小白笑了笑。

"还想不想见别人？"

"别人？"

"艾代子的爸爸、爷爷什么的。"

汪小白一喜。"在哪儿？请马上带我去见。"

8

汪小白站在门外，看着门里的两个壮年男人和一个老年男

97

人，以及老年男人怀抱的男婴——他们分别是艾贷贷的爸爸艾树民、伯父艾树富、爷爷艾定春和艾宝贵的儿子艾贵重。三天前，同样这个时间点，汪小白与他们在门里门外八目对视时，跟现在的状况如出一辙。而那个追到楼下砸汪小白的人，正是艾树民。那天艾宝贵刚好不在家，其他人都在。

汪小白怎么也没料到，艾贷贷留的地址并不是假地址。

这确实是她租的房子。只不过，她把它用来收留她的家人了。

"进去吧！"身后的艾宝贵推了汪小白一把。

一分钟后，汪小白坐在了客厅唯一的一张旧沙发上。与围站在他面前的艾氏家族老少五个男人面面相觑，不知该说些什么。气氛很尴尬。还是艾宝贵打破了僵局。

"这是代子在这边交的好朋友。"没等别人回应，他补充道，"这位朋友是我恰巧碰上的，代子可从来没告诉我们她在这儿交的任何朋友。"

艾氏家族的另三个男人都摇摇头。艾树民和艾定春同时发怒了。

"她就是个白眼狼。"艾树民说。

"对！白眼狼。"艾定春，这个童年时期做过十年地主少爷的人，举手投足有一股与他的干瘪样子不相称的霸道之气。"她恨不得我们永远别来找她。哪还愿意告诉她在这儿认识的人。"

"她什么事都不告诉家里的。"艾树富说，"能不告诉的，都不告诉。没办法，才告诉一点。"

"她还有十好几年根本不让家里人找得到她呢。太没良心了。白眼狼！"艾定春越说越愤怒了。

汪小白仔细听他们七嘴八舌地抱怨艾贷贷，从中发现了一件令他多少感到欣慰的事情：艾贷贷曾经跟他说过的她的经历、她与家人紧张而疏离的关系，都是真的，在这方面，她从来没有撒过谎。艾贷贷是值得相信的。

"这是艾代子给你们租的房子？"

他们没有从汪小白的话里听出弦外之音，他们都是直白、思维简单的人。艾树民没好气地说：

"她还算是有良心，我们到这里来投奔她。她给我们租了房子。"

"她给你们租了房子，就证明她很有良心。"汪小白没好意思说，你们小时候恨不得把她丢了喂狼，恨不得不给她吃饭，只利用她为你们干活儿，你们连让她读书都不愿意，还好意思说她没良心。

"就有这么一点点的良心罢了。这点良心要是都没有，她就不应该姓艾。"艾树民说，"除了这一点良心，她就只剩下没良心了。你看看，从昨天早上到现在，我们就再也联系不上她了，打她电话，不接，给她发短信，不回。我们也没她的那什么……微信，对！微信，你们年轻人用的这种东西。听说你们年轻人现在都用微信，但她就是不告诉我们她的微信是什么的。瞧瞧，她就这么把我们扔这儿了，不管了，一天一夜了，她已经不管我们一天一夜了。"

"她最后一次来这儿，是哪天？"汪小白问。

"她只来过一次。"艾树富插话说，"一个月前，我们来这儿投奔她。她除了第一天带我们到这个房子里来，后来再也没来过。"

汪小白敏锐地发现艾树富的这段话为他提供了特别有用的信息：艾贷贷的家人是一个月前来这儿的。而他，从今天算起，差不多是二十三天前，与艾贷贷办理了离婚手续。难道，艾贷贷突然与他离婚，就是因为他们的到来？

汪小白感到心里有什么东西亮了一下，仿佛看到自己突然踏上了获取真相的坦途。汪小白心生一计，站了起来。

"艾代子是我好朋友，她的家人就是我家人。我请你们吃饭吧。算是迟到的接风洗尘！尽地主之谊。请你们赏脸。"

汪小白要好好从他们嘴里套出点儿什么来。吃饭，是套取信息的最佳方式。

艾家的这几个男人，个个都兴奋起来。那个男婴，感知到大人们的兴奋，虽然对此不明所以，但也跟着大家"咯咯"笑个不停了。

"请我们吃饭？好好好！"艾树民说。

驱车去往饭馆途中，汪小白提醒自己一点：他可以套艾家人的话，但他一定要小心说话，防止反被他们套话。他下意识地给了自己定位：在艾家人面前，他是艾贷贷的保护者。

4

汪小白点了许多菜，热情地劝他们多吃。为了尽显热情，汪

100

小白带他们来的是一家很高档的餐馆。现在他们与汪小白坐在包间里，除了艾宝贵和男婴，其他三个男人都在抱怨。

那男婴是艾宝贵的孩子，去年，他老婆要跟他离婚，艾家人也不尽力挽留，他们只提出一个条件，离婚可以，但她生下的这个男娃，必须归艾家。离婚后，艾家人比先前更溺爱这个孩子了。

此刻，抱怨声音最大的是艾树富。他指出，这里的菜一个都不对他胃口，这个应该放酱油却没放，那个食材应该做汤的却用来炒菜了。他还抱怨，荤菜太多，素菜太少，这一桌菜的配比不对。艾树民主要抱怨每盘菜的菜量太少。只有艾定春的抱怨跟饭菜没有关系，他抱怨包间里的空调开得太足。他明年就满八十了，身体虚弱，吹不得风。

艾宝贵装作很体谅的样子，说："爷爷嫌空调冷，我把它关掉吧。"

他并不真的去关，遥控器就在他旁边的边几上。汪小白看出了艾宝贵的虚伪，想象他平时在家中对别人的各种虚情假意，对他心生厌恶。

"要是把空调关掉，屋子里得多热啊，让大家为了我一个人挨热，也不好意思。"

艾定春说罢，盯着艾宝贵身后的遥控器。看来，在虚伪这个事情上，艾定春与艾宝贵半斤八两。汪小白看看艾定春，又看看艾宝贵，忽然发现，他们长得如此之像，就仿佛同一个人从不同的时空里穿梭到这儿聚集一般。

"那就少数服从多数吧。爷爷，你将就一下。也吃不了多久。"艾宝贵说。

"行吧！行吧！"艾定春掩饰着心里的不高兴，"反正我老了，说话不顶用了。"

艾家另三个男人装作没听见他最后的话，不搭腔。

汪小白忽然有些不好意思起来，因为他发现自己坐的位置相对不容易吹到空调。汪小白提议跟艾定春换位置。艾定春就畏畏缩缩地换了位置。此后，艾定春的身子越埋越低，几乎要埋到餐桌底下去。他不再说话，大概心里被大家不愿关空调的愤懑填满了。

抱怨的人就这样少了一个。汪小白本来想等他们抱怨完后，再开始他对他们的探询，但他发现，他们是没完没了的，只要这顿饭不完，他们的抱怨就不完。汪小白的阅历使他无法懂得，抱怨是这些难得上饭馆的人的普遍聊天方式，这属于一种底层小精明，他们想用他们的抱怨来证明他们并非不怎么上饭馆，另外一个方面，往往那种很少上饭馆的人口味单一，吃什么都不习惯。眼前艾家的这些人，可能除了艾宝贵，都属于这种人。汪小白实在没有耐心等他们抱怨完了，就打断了正在滔滔不绝抱怨的艾树民，说：

"叔叔，我打断你一下，问你们个事儿。"

"什么事？"已经有点喝高了的艾树民笑眯眯地问。

"这次，你们差不多一大家子都来了吧？怎么阿姨没来呢？"

"'阿姨'？"艾树民一下子没听明白汪小白说的"阿姨"

是谁。

"他是问代子的妈妈吧?"艾宝贵提醒艾树民。

"对! 代子的妈妈怎么没来呢?"汪小白确实对此十分奇怪。

按说,艾贷贷的妈妈作为一个肾病患者,一定是不太具备生活自理能力的,这艾家的男人都来了,来了一个月了,这一个月里,谁来照顾她?

汪小白这一问,把艾树民问哭了。他放下筷子,抹着眼泪,抽泣着对汪小白说:"走了! 这婆娘命短,没享到代子几天福,就走了。"

汪小白特别意外。"阿姨什么时候去世的?"

"大前年。算算到今天,已经走了快三年了。"

"我奶奶今年,也就是上上个月,也去世了。"艾宝贵用一种怪异的腔调说,"艾家的女人们完成了传宗接代的使命,现在是死的死、跑的跑。艾家如今就只剩下我们老老少少四个光杆司令了。"

"你还说! 你奶奶是被你气死的。"艾树富斥责道,"你个不成器的东西!"

汪小白正听着艾家四个成年男人的絮叨,他的手机响了。拿出手机一看,手机屏幕上出现的是"爱爱来电"。

"爱爱",是汪小白给艾贷贷的昵称。从跟她认识的第一天起,汪小白就用"爱爱"这个昵称在他手机上登记她的手机号。最近这二十多天来,"爱爱"曾经变成过"姓艾的女人""恨恨""艾骗骗""艾贷贷"。这两天,它又变回了"爱爱"。对艾贷贷的称谓的变迁史，间接体现了汪小白这二十多天来对艾贷贷的情感变化。

汪小白惊喜地接通电话，里面传来艾贷贷不容置疑的声音。

"马上埋单，然后跟他们分开。再也不要见他们。"

汪小白正要跟艾贷贷说些什么，艾贷贷已经挂断电话。汪小白再拨打过去，他的手机号又被她拉黑了。

"谁来的电话?"艾宝贵狐疑地问。

"噢!……一个朋友。你们……吃好了吗? 今天就到这儿?"

第 八 章

我完全没有想到，艾家的男人们合起伙来用如此卑劣的手段骗了我。

我妈妈三年前就去世了。三年前那个三月我偷偷回家探望他们，得知妈妈得了肾病，只有换肾才能救她，但艾家的男人没有能力给她换肾，于是我用了那个办法，从赫炜那儿弄到了足够我妈妈换肾的钱，我用汇款的方式给他们把这笔钱寄了过去，我没想到，手术失败了，不到三个月，我妈由于手术后的并发症去世了。但是我爸却告诉我，我妈换肾手术是成功的，只是术后状况欠佳，需要更好的保养。这笔保养的钱，一年少说也得二三十万。

也得怪我，否则我也没那么容易被我爸骗到。为了避免与家里人发生更多的联系，我给他们的电话号码，是专为他们开的，平时是关机的，只在每月我刚给他们打完钱之后，才用这号码给我爸发个短信、打个电话。是我自己，用这样的方式，为我及时获得我家里的真实情况制造了巨大的障碍。

我爸为什么要那么干呢？这我能想明白。我想，在我给他们寄那笔几十万的手术费之前，他们绝不会想到我会给他们寄钱。我从十四岁离开家之后，就几乎从他们的生活中消失了。他们很明确，我是带着对他们莫大的恨消失的。一个这样离家出走的人，在他们看来，一定已经抱定跟这个家断绝往来的执念了。我突然会给他们寄钱，而且对他们来说是一笔巨款，他们难以理解这样的事情，就只能觉得我发了大财了，钱多得无处可花了。

也就是说，我给他们寄的那一笔几十万的手术费，最终产生的是一个恶果：此后，他们开始幻想艾家有那么一个女儿，在外面混出名堂来了，变成富婆了。以后，他们可以指望上她了。

我这不是自讨苦吃吗？

一个月前，艾家老老少少五个男人，突然找到这儿来，我这才得知，我妈三年前的夏天就去世了。我这才从他们口中得知，我妈三年前就因手术失败后的并发症去世了，而这三年来，是他们打着替我妈治病的幌子骗我一直给他们寄钱。

你或许有疑问了，这三年来，他们要这么多钱干什么呢？是啊！这也是我一个月前刚从他们那儿得知这些事情后，脑子里首先冒出来的疑问。你想，我爸这么一个农民，以往其实都是省吃俭用的，在三年前我给他们寄那第一笔钱之前，我们家基本上还是收支平衡的，他靠打工挣个三五万块钱，正好够贴补家用，他自己也很省，不抽烟不喝酒不赌不嫖。

你知道吗？汇了那笔对我爸来说从天而降的巨款之后，他变了一个人，抽烟喝酒赌博嫖女人这些恶习他都慢慢染上了。这真是非常奇怪。后来我想明白了，这笔巨款，让他觉得他可以去过另一种人生，像乡村里个别暴发户那样，去过所谓人上人的生活。过这种生活，大概是很多乡村人的梦想。我这笔巨款，阴差阳错地让我爸心里的梦想可以成真了。

那些恶习，就是一个深渊，它使我爸在他打工的城市里，从民工的阶层里脱离了出来，使他有机会跟一些压榨民工的人混，他们本身也大多是从乡村里出来的，个个身怀更多恶习。他们中有人心比天大，去搞各种各样的投资，其中有些所谓的投资，究其实质，就是传销。就这样，我爸被搞传销的几个乡党盯上了，他那种脑子，很快就被他们拉下水了。后来每年他都需要那么多钱，其实是因为他入了传销的巨坑，还借了高利贷，给套在里面摆脱不出来了。

我厌恶我爸，厌恶艾家的男人。如果不是因为当时我妈得了重病我需要救她，我今生今世都不会再跟艾家人打交道，包括我妈，她懦弱、愚昧、昏庸，我也讨厌她。我恨艾家的男人打着我妈的幌子骗我给他们每年寄那么多钱。

第 九 章

1

"艾贷贷……她欺骗过我。"毕战群说。

汪小白专程来到香港找毕战群，现在他们坐在一个旋转餐厅里聊天。落地大窗外面，是维多利亚湾的夜色，毕战群说话的声音很轻但抑扬顿挫，使他与眼下的环境显得分外协调。

汪小白听从了艾贷贷在电话里的命令，昨天接完艾贷贷的电话后，就埋单离开了餐厅，开车送他们回到了艾贷贷为他们租住的房子。他们，特别是艾宝贵和艾树民，对汪小白倒是分外感兴趣，下车的时候还一个劲儿地邀请汪小白上楼坐坐。汪小白礼貌而坚定地拒绝了。接到艾贷贷的那个电话之后，他反而怕再从艾家人口中听到有关艾贷贷的信息，他不信任他们，担心他们的话不全是真话，从而影响了他对艾贷贷的判断。他现在要尽可能去找到他信任的人，来获取艾贷贷的信息。当然，如果是艾贷贷本人现在坐在他面前，把她的一切向他和盘托出，那是他求之不得的。可是，他连是不是能再见到艾贷贷一面，都没有把握。汪小白只有来找毕战群了。除了汪小白刚建前夫群的那天，毕战群说了点他与艾贷贷之间的事，之后他对此绝口不提，仿佛他也像汪小白一样，对赫炜有了警惕，觉得在微信群里公开他与艾贷贷之间的事不好。

"她是怎么欺骗你的？"汪小白接毕战群的话茬儿。

毕战群微微一笑，优雅地用白色的餐纸擦了擦嘴角，而后往后一靠，饶有兴味、目不转睛地直视着汪小白。这种眼神，仿佛是在对汪小白说：这顿饭吃得挺逗的，我们的聊天，挺逗的，你不觉得吗？

确实如此，一个女人的两任前夫，好像是专为谈论他们的前妻而坐到一起，说起来确实挺逗。但是汪小白从加上毕战群微信号的第一天起，分明就感觉到，毕战群对艾贷贷也像他一样是有些关心的。艾贷贷失踪了，毕战群自然也想知道她的下落。他们两个共同关心艾贷贷的人，如今坐到一起互通信息，也是必须的，不是吗？

"可以多一点谈谈你和艾贷贷之间的事吗？比如，她在上大学、你还在大学教书的时候，你们是怎么认识的？"

2

我对她最初的印象，是这个女孩挺有故事的。正是这一点，使我在几个女孩里，只对她留下了深刻的印象。我第一次见她，当时在场的还有其他三个女孩子。

当时，我在大学教法学专业的同时，业余时间喜欢写点东西。我从小就是个文学爱好者。我算是个业余作家吧，曾经写过几篇小说，在文学圈里反响还不错。艾贷贷当时是文学系大四学生，她所在学校的导师带着另外几个老师和学生来我学校采访我，打算写几篇文章，组成对我作品的研究，发在一家文学类学术期刊上。艾贷贷负责写一篇。

这些老师和学生的文章写出来之后，我逐一看了，其他人都是赞美。这种事情总是这样的。但是艾贷贷写的那篇，全是批判。

你千万不要觉得这只是说明了艾贷贷较他人真实、敢言。我想说的是，艾贷贷的批评，真的没有什么道理。这并不是我对自己的文章敝帚自珍，我还算是个冷静的人，对自己还算客观。

艾贷贷居然从我所有的小说里看到了一点：作者对女性不尊重。

我自问我在心里对女性没有任何偏见，而且我觉得我在这方面还是比较注意的。我特别知道眼下中国有女权主义崛起的迹象，我写文章也是怕惹了女权人士的。我的小说，没有对女性不尊重啊。

艾贷贷会用数据来论述她的观点，她举我几个小说中的多个细节，她多数的举例，我都无法辩驳，倒还因此在心里问自己：难道我真的心里对女性有歧视？但是，她举到一篇小说，我就觉

110

得她是"欲加之罪，何患无辞"了。这篇小说，可以说，从我的本意上，我是要来讴歌女性的美德的，这就是一篇赞美女性的小说，她居然从这篇小说中，也找到了我歧视女性的证据。

其实，我并没有太把艾贷贷的文章当回事。作为一个学生，她也许是想以此出位也未可知。事实似乎也证明了这一点。后来我听说，尽管我对她这篇文章存有异议，给她导师捎话说，她这篇文章不发表为好，但她没有通过她导师的帮助，居然把这篇文章发表了。要知道，在学术期刊上发文章，是很难的。她居然有这个本事，不能小看她。

我对她的印象不算太好。但后来，我对她的印象改观了。缘于有一次，我碰到她的导师，听说了她那些经历：出生时差点被遗弃，小学三年级不得不辍学，打工多年后靠自学读了大学……我听到了这些事情，我理解了她：她大概过往受过太多来自男权社会的伤害，故而看我那些文章时过于敏感了吧？

这就是我在大学任教时，与她之间发生过的有限交集。那应该是六年前，对！六年前。

两年前，我与她重逢了。但是严格地说，我跟她重逢三个月后，才意识到这是重逢。为什么这么说呢？我慢慢跟你说。

一年半前的一天，我去你们现在所在的城市出差。由于我刚结束一段感情，加上从高校辞职进入律师圈后的最初这几年一直不够顺遂，到了陌生的城市，我内心感到空虚和苦闷，特别想找个人聊天。我上了一款交友软件，很快在里面跟一个女孩聊上了。她似乎很想听我说话，就这样我的倾诉欲进一步被激发出来

111

了。我们往往在熟悉的人面前尽可能保持沉默，面对完全陌生的人，有时会将自己的一切和盘托出。那一天，我跟艾贷贷说了很多很多。我说到了我是怎么从一个贫穷的家庭里走出来的，这个家庭集全家之力，把我培养成一个博士，成为知名律师，是多么的不容易。我还说到了我从小树立的功成名就的愿望，这一愿望在我实现了一部分之后，依然顽强，正是它，造就了我不懈奋斗的性格。我还说到了我刚刚结束的一段感情，说到了多年后的现在我与家人因为认识上的巨大鸿沟无法与他们中的任何一个人进行真正的交流，而这正是我这种寒门子弟登上常人定义的成功之后的隐秘悲哀……我说了很多很多，开始是在软件上聊，后来我们加了微信，在微信上聊，一直聊了两天。两天后，我要回香港了，我要求见她。我们见面了。我被她的美貌震惊了，在一瞬间我爱上了她。

我并没有认出来她就是那个先前在大学里抨击我"不尊重女性"的女学生。我没有认出她的原因，一来，我几乎没有记住当时那个女学生的样子，二来，她已经整了容。她大学毕业后挣的第一笔钱，就来对自己的容貌进行了微调整，这个你是知道的对吧？

接下来的一段时间，我往来于香港与你们现在生活的那个城市。我们的感情飞速发展，一个月后，我们决定结婚，迅速领证、举办仪式。这等于是闪婚。婚后第一个月，我们的感情很好，但冲突很快发生了，来得有点莫名其妙。

那一天，她突然问起，为什么我读书读到了博士，但我妹妹

112

却只读到了初中？按理说，兄妹之间的智商差别不会太大。我只好照实说，我妹妹是挺聪明的，但她从小不爱读书，初中毕业就自己放弃读书了。如果她爱读书，她应该读个二本大学没问题。她马上说，不见得吧？是不是你们家只让她读到初中毕业？我说真的不是那样的，我爸妈对儿子和女儿是同样疼爱的，硬要说我爸妈在我妹妹读书这件事上有什么地方失职的话，那就是他们没有对她进行正确的引导，没有从小告诫她读书的重要性，但这不怪他们，我爸妈的认知实在有限，他们自己都不认为读书可以改变命运。我之所以热爱读书，知道读书的重要性，并不是我爸妈教的，是我自己从小就悟出来的道理。

那次关于我妹妹的争论很快就结束了。但之后，她动不动就会突然冒出一句讽刺的话。

"你有现在的成就，不全是你自己的努力。如果不是你家里人集齐所有力量助力于你，你恐怕现在就是个在工地里搬砖的民工小哥，跟大多数的农民工子弟一样。"

"你没什么好值得骄傲的。你的成就，主要来源于你家庭的牺牲。"

"你得了吧，你没什么值得吹嘘的，换了我是个男的，说不定我现在强过你。"

终于有一次，我被她这样的抨击激怒了。她并不相让。那次我们争论得非常激烈。就在这次争论中，我第一次从她口中听到她出生时差点被遗弃、幼年被家里人当成童工使唤、小学三年级被迫辍学的那些经历。我觉得她的童年遭遇使她在某方面很偏执。

约莫结婚两个月后，她对我的抨击面开始变广。有时，我一个自己未曾在意的举动、一句不经意的话，会被她论证为大男子主义的表现。有一天，我应酬回来赶在晚上，一个女同事车子正好顺路，我搭她的车回家，被她看见了，她居然讽刺我"有三妻四妾的旧式男人梦想"。最让我不能接受的是，我接了一个案子，被告人被诬告性骚扰，作为代理人的律师，我尽职为被告人摆脱了嫌疑，打胜了这场官司。你猜她怎么说？她说，她认为，被告人一定真的对控方进行了性骚扰，这是她作为女性的直觉。"你替那个无耻的男人打赢了官司，你应该感到羞耻"，"这不是你和这个无耻男人的胜利，这是男权主义的胜利。在这个男权社会里，你这叫胜之不武"，"你从内心里就明确知道，你必须替那个无耻的男人打赢这场官司。因为你们都明白，如果打不赢这场官司，会有更多的女人去告那些性骚扰过她们的男人"，"这个世界上，被性骚扰过的女人，原比你们男人想象的要多"，她对我说了诸如此类的话，它们令人费解，富有攻击性。她这种攻击，显得特别神经质。她经常这样突如其来地向我发起攻击。我时常难以忍受。

结婚接近三个月，我发觉她越来越多偏执的方面，有时，我会觉得，她有被害妄想症。这些都不说了。真正让我对她感到不可思议的是，有一天，她突然对我说："三个月前，我第一眼见到你，就认出你是我上大学时候碰到的那个'对女性不尊重'的老师了，但我没有告诉你。"她的语气有些得意。那种得意感，我现在都记得清清楚楚。

我听得骇然。

她可以把一个秘密埋藏得如此之久，尽管这个秘密也许并没有那么重要。我甚至会觉得，她跟我结婚，就是她的一场设计：当初，我"不尊重女性"的文章得罪了她，她要用与我结婚对我进行精神折磨来报复我。这个想法虽然有些偏激，但并非没有可能。

不久前，我不巧发现了艾贷贷现在竭力向任何人隐瞒的一个秘密，我更加觉得，她有通过婚姻报复男人的动机。

$\mathcal{S}$

汪小白打开毕战群给他的一个新浪微博链接。

"这是艾贷贷的一个小号。这个小号的注册时间是两年前，大概就是她刚跟赫炜离婚的时候。两年里，她以第一人称写过五篇关于她个人经历的文章。有三篇内容，是她愿意跟任何人讲的——所以，我们都听她讲过。第五篇，即按时间排列最后发的那一篇，是写赫炜的，里面讲到了她如何设计赫炜，当然，在她这篇文章里，赫炜是'H'。我刚才说我现在认为她有可能通过婚姻对我进行精神折磨，以此达到报复男人的目的，就是这篇文章带给我的结论。你回去着重看她第四篇微博，那里有我刚才说的她现在不想示人、竭力隐瞒的一个秘密。"

这时汪小白的手机已经打开艾贷贷的小号了，他迫不及待地上拉艾贷贷的账号，想首先去看她的第四篇微博。由于上拉操作太快，卡屏了。汪小白焦急地要重启手机。毕战群笑了笑，从对面伸过手来，捂住了汪小白的手机。

"没个两小时，你看不完。先把链接收藏了，回去慢慢看、慢慢研究吧。"毕战群把手缩回去，喝了口茶，又补充道，"我们前妻，还是很耐人寻味的。呵！"

"你是怎么发现她的微博小号的？"我都不知道她有微博小号。

"不是我发现的。"毕战群扬了扬嘴角，那神情，仿佛是说，我才懒得去做这种发现呢。"我对艾贷贷早就没有兴趣了。她跟我的事，在事实上已经翻篇了，在我心里也已经翻篇了。男人的人生，有很多事情需要去书写。何必为一个不愉快的过去费神。我建议你，也别在艾贷贷身上费时间了。该干吗干吗去。"

"谁发现的？"

"眼下，除了你，痴情的汪小白同学，还有谁有那么大的精神去挖艾贷贷的料？"

"赫炜？"

毕战群点点头。"他是怎么发现的，我就不知道了。他肯定是费了大劲儿才发现的。他为什么费大劲儿找到了艾贷贷的小号？"

"为什么？"

"你我都知道，他要整艾贷贷。"

汪小白突然替艾贷贷担心起来。

毕战群说："艾贷贷的第五篇写'H'先生的微博，毫无疑问已经被赫炜截屏了。在这篇前几天才发出的微博里，她供述了设计赫炜的来龙去脉。将来，赫炜要是想起诉艾贷贷的话，这个就是证据。"

汪小白怔了一下，说："赫炜在收集证据，以便最后把艾贷贷告上法庭？"

"不瞒你说，他已经问过我，到时候，愿不愿意做他的律师。"

"你答应了？"

"我当然不会答应。我对艾贷贷没有那么多的不满。如果说，我曾经对她有过一点不满的话，在与她离婚一年多之后，这些不满早就被我自行消化了，不复在我的身体里了。我现在对她，没有任何的感觉。她不会给我带来任何情绪。"

"赫炜不能这么干。"汪小白心里充满了对艾贷贷的担心。

"我劝过他了，叫他收手。不必这么刻意地去对付一个女人。"

"他怎么说？"

"我不觉得我做通了他的思想工作。他跟我说了一些他不得不那么干的理由，其中有些理由，是他不愿让别人知道的。因为他想让我当他的律师，他才放心跟我透露了一二。"

毕战群说的是艾贷贷手握某些证据对赫炜的勒索。关于这个事实，汪小白是在当日离开香港回家后详细阅读艾贷贷的那第五篇微博才知悉的。

现在毕战群对汪小白说："赫炜说了，他应付完了眼前这桩烂事，就好好来对付艾贷贷。"

"他可真够忙的。"汪小白鄙夷地说。

第 十 章

1

我从来不向任何人隐瞒我出生时差点被遗弃、小学三年级被家人所逼辍学、十四岁独自离开家乡并在其后数年里一边打工一边自学终于考上大学的事，我愿意把它们向每一个想知道我经历的人说出来，是因为，我觉得它们就像一颗颗的钉子，说出来就等于将它们拔出来，拔出来，我的内心对它们就没有那么计较一点。过去这些年，我太计较它们了，这种计较严重影响了我对生活的态度，我需要让自己不去计较它们。

但是有一件事，我从来没有跟家人之外的任何人说过。正因为我从来没有把它说出来，这枚钉子在我的身体里扎得越来越深、越来越牢。

这件事发生在我十四岁那年夏天。那天下午很闷热，我在伯母家里自学小学五年级的数学。我伯父那天去镇上做小工去了，我伯母去地里拔草，我堂兄、十七岁的艾宝贵在午休。我伯母家有三间房子，当时，艾宝贵在一间房子里，我在另一间房子里。我学着学着累了，就趴在凳子上睡了过去。忽然我感到有谁在拍我的脑袋。我一下子就惊醒了。只见艾宝贵一脸不正常的笑，站在我面前。见我醒了，艾宝贵说："我有个东西给你看。"接下来的那个瞬间，我终生难忘。只见艾宝贵突然就褪下了他的短裤，露出了他勃起的那玩意儿。我大惊失色，大声呵斥他："你干什么？"同时我举起书本向他砸去。艾宝贵大概也没料到我有如此激烈的反应，吓得赶紧提起了短裤。就在这时，我听到屋外伯母的声音，她从地里回来了。我赶紧向外跑去。艾宝贵反应更快，先于我跑到了屋外，站在了伯母面前。

"你们这两个娃跑这么快干啥？"伯母疑惑地看着一前一后跑到她面前的我和艾宝贵。

我生气地对伯母说："你问他！"

艾宝贵从小就是个鬼机灵的人，这时他已经平静了。他倒打一耙，恶声恶气地对我说："问我什么？你是想问我对于你一天到晚到我家里来蹭吃蹭喝这件事情是什么看法吗？"

"宝贵！你怎么能跟妹妹说这些？他是你妹妹，亲妹妹！"

"亲妹妹个屁！"艾宝贵说，"亲妹妹能有这么跟哥说话的吗？"

"宝贵！以后不许这么跟妹妹说话。"

我本来想把艾宝贵刚才做的那件龌龊事告诉伯母的。但是我看着伯母对他溺爱的语气，犹豫了。是的，伯母是疼爱我的，像疼亲女儿一样疼爱我，但她更疼爱艾宝贵，这是毋庸置疑的。想到这里，我哭了起来，奔跑着离开了伯母家。

　　回到家里，我依然愤愤不平。我爷爷、奶奶和妈妈都在家。我就把我妈妈拉到田地上，向我妈哭诉起来。万没料到的是，我妈的第一反应，是质疑：

　　"娃！这话可不能乱说，说出去，坏了艾宝贵的名声。"

　　"我没有乱说。我说的都是事实。"

　　"万一你看岔了呢？你自己也说了，当时，你刚醒过来。万一那是做梦呢？"

　　"怎么可能是做梦？那是千真万确发生过的事。"

　　"那有没有可能是，艾宝贵裤子掉了，不小心……那东西就露出来了。"

　　"绝不可能。他是故意的，绝对是故意的。"

　　"你不要那么肯定。这可能是误会。"

　　"我怎么可能是误会？"

　　"好了好了，那我问你，他除了露出了那东西，还对你做什么了？"

　　"那倒没有。"

　　"那你还这么生气干什么？说到底，他又没真的对你做什么。他要真的对你做了什么，我会找他们家去说这个事的。"

　　"没有真的对我做什么？你觉得这是没有真的对我做什么？妈我问你，要怎么样才是真的对我做什么？"

　　就在这时，我看到我爷爷从田埂尽头走了过来，我妈赶紧对我说："娃，不许跟任何人说这个事。要是你爷知道你说这件事，

121

会把你打死的。"

"打死我？难道是我做错什么了吗？明明是艾宝贵犯的错，凭什么要挨打的是我？"

我妈拉起我就离开了田地，跟我爷爷错身而过时，还跟我使眼色，提醒我刚才她说过的话。

过了一天，我又找到了一个单独跟我妈在一起的机会。我说："妈，请你相信我，艾宝贵真的对我做了那件事。"

这次，我妈没有忙于辩驳，她沉默了片刻，叹了口气，"娃，我相信你。但这就是一件小事。你何必非抓住不放呢？"

这确实能算作一件小事，在乡村，这种事情也不是发生得少。我还没辍学的时候，就听别的女同学说过，有几个大男孩，专门躲在路边的庄稼地里，看到路上走来女同学，突然跳出来褪下裤子，吓得女同学尖叫着逃走后，他们在后面乐不可支。这是男孩子们的恶作剧。或许，他们仅仅只是为了体验恶作剧本身的快感而已，并没有想过太多。

但我妈的反应，让这件事的性质变了：对！就算是一件小事，但作为一个母亲，她怎么一听到这件事首先表现出来的是一副息事宁人的态度呢？她难道一点都不愿意在乎我的感受吗？也许我要的不多，只是要几句安慰而已。一个女孩子，平生第一次遭遇了这样的性骚扰，是需要安慰的，是需要有人来平复她心里的恐慌的，她除了向她妈索要这份安慰，索要这份平复的力量，还能向谁索要？她就这么吝啬她的安慰吗？

我对她非常失望。

过了一天，我想到，我妈一贯是懦弱的，臣服于艾家男人们的威压之下，像她这样的人，听说了这种事只想着把这事压下来，也可以理解。也许，她也深知我在艾家不受待见的处境，就算她站在我这一边，向艾家的男人转述这件事，艾家的男人也未必会认同她。也许她的反应，是一种智慧吧。但是，伯母在我心目中的形象跟我妈不一样，她是多少有些勇敢的，她不会畏惧艾家男人们的威压。我觉得，我可以试着向伯母说这件事。尽管艾宝贵是她亲儿子，但她是把我当亲女儿看待的，万一她对自己的儿子和"女儿"公平对待呢？

我太天真了。我同样单独与伯母说完这件事后，伯母所表现出来的是，这件事到底是真是假，根本就不重要，重要的是艾宝贵的名声。

"代子！首先我告诉你，宝贵是把你当亲妹妹的，他虽然平时有点不太懂事，但再不懂事，也不可能对自己的亲妹妹干这种事。你一定是诬陷宝贵了。不许你以后这样诬陷宝贵。你要是再诬陷宝贵，就不要再来我家了。宝贵以后要娶媳妇，你说他如果留下了在女娃面前干出这事的名声，他还怎么娶媳妇？宝贵是艾家唯一的根，他要是娶不着媳妇，艾家就断后了。你是想让艾家断后吗？艾家要真是断了后，你就开心了吗？"

事情到此为止，艾宝贵到底做没做过那件事，已经真的不重要了。重要的是，艾家两个媳妇得知这件事后的态度。毫无疑问，艾宝贵，作为艾家的香火，他的名声是重要的，其他什么都不重要，至于我，本来就该成为艾家的弃婴，我被性骚扰的事

123

实，必须被忽略。

男人们根本就没有出场，没有介入，艾家的女人们就主动充当了保护艾家男性地位的法官，更别说艾家的男人们了，我爷爷、我伯父，包括我爸爸，要是听说这件事，该把我的嘴撕烂直到我变成哑巴吧？

我从来没有像那几天那样感受到在艾家男人无限受到尊重、女人无限受到压制的残酷事实。这个事实令我骇然，令我悲愤。我沉浸在一种悲哀之中，就在这样的情绪里，从我出生以来，他们对我做过的所有不道德的事，都涌上了我的心头。它们就堵在我身体里，深刻地刺痛着我。我觉得，我必须给它们一个说法，不然我要憋屈一辈子。

我去了学校，找到了我原来的班主任邱新芳老师。我觉得，在这个地方，除了邱老师，没有任何一个人会愿意来理解我的感受，会愿意来安慰我，更别说去帮我制裁艾宝贵。

如我所料，邱老师听完我的遭遇后，十分愤慨。

"你们那个家庭太奇葩了，听说过把家里的男人看得重要的，没听说过像你们家那样完全不顾女人的感受只要男人活得好的。"邱老师说，"这是性骚扰，咱们不能纵容艾宝贵。今天纵容了他，不知道他明天对你、对别的姑娘干出什么事来。我们去乡派出所报案。"

2

邱老师带着我去镇派出所报了案。过了两天，我正在家里做

124

家务，我们村的支部书记在妇女主任陪同下来到了我家。不明白为什么是他们来，而不是我想象中的民警来带走艾宝贵。村支书和妇女主任先把我拉进我家一个屋里，关上门，跟我谈心。我一五一十把当天的经过又说了一遍。谈了也就十来分钟吧，很简短。然后他们让我出去，把我妈、我爷爷、我奶奶，还有我爸喊了进去——我爸被村里从打工的地方喊回来了。他们刚进去，我伯母和我伯父来了。我伯母看都没看我一眼，就问我："听说村里来人了，在哪儿？"我向她指了指关闭的房门。我伯母就在外面敲门，里面的人就让她和伯父进去。这之间，我清楚地听到艾家的五个成年人七嘴八舌、众口一词替艾宝贵说话的声音。这次谈话，整整进行了三个多小时，远比他们与我谈话的时间要长很多。总之，他们就一个结论：艾宝贵不可能对我干这种事。为了反证这件事并非如我所言，包括我妈在内，他们居然异口同声地向村干部指出，我的性格是有问题的。

"这娃性子就是奇怪。你说，我们家就一个娃，虽然是女娃，但毕竟是自己的娃，我们能对她坏到哪儿去？她就是觉得我们对她不好，动不动就去宝贵家住。"这是我奶奶的话。

"是啊！这娃一天到晚不吭声，一吭声，就是这么大一个谎话，真是怪得很。一个怪脾气的娃。"这是我妈的声音。

"都是我惯的，你们做大做妈的，都不惯她，我不是她亲妈，为什么要惯她呢？早知道她今天这样，我也不惯她了。"我伯母，她这番话令我对她大跌眼镜。

"她上学，跟同学也处不好。在家里，和自己大、妈、爷爷

125

和奶奶一年到头跟仇人似的，好像我们生养了她，倒是害了她了。她就是个怪坯，我们真倒霉，生了这么个女儿。"我爸说出来的话，一贯是令我寒心的。

两位村干部的声音，始终被艾家五个成年人的声音淹没。他们一定是受乡派出所的委派，先行来报案人家里做一番调解工作的。他们到底该相信艾家五个成年人完全一致的话，还是相信一个十四岁的、心智未必发育成熟的、性格在家人眼中极其古怪的孩子的话呢？想必他们心里已经有他们的答案了。

"有什么证据来证明艾宝贵对你性骚扰了吗？"他们让艾家五个人出来，重新唤我进去。一上来，就这么问我。

无疑被艾家人说服了的这两位村干部在做无罪推定了。当时我那么生气，那么紧张，怎么可能保留任何证据呢？我一个孩子，从来没遇到过这种事，怎么能想到要取证这件事呢？何况，那只是一瞬间发生的事，我想当场取证，也无力取证。

"我没有证据。"我只好老老实实地说。

妇女主任笑了。"孩子，你太敏感了。你这么敏感，对你自己也不好啊。你得改改这个性子啊。"

说完她和村支书站起身，就离开了我家。之后，村里再也没有干部来过。我的报案就只带来了两位村干部一次仿佛例行公事的走访。

3

艾家的成年人让我跪着，我爷爷拿着一根皮革的腰带开始抽打我。他们要用家法来惩治我。我从来没听说过，艾家还有什么家法。在那乡村，到处都是慌慌张张的人，家法这种事早就被村人们不自觉地荒废了，居然这会儿艾家的家法上场了。专门应急为我定制的家法？太可笑了。

我爷爷抽得很用力。艾家的另外两个男人站在一边，面无表情地看着我爷爷抽我，无法知道他们心里的任何情绪。我妈、伯母、奶奶虽然在一边抹眼睛，但事到如今，我无法确认，她们的眼泪里有几成是出于怜惜，又有几成是出于应景。这些女人，早就被男人至上的生活洗脑了，她们没有真正的自我，何时懂得在某些重要时刻去保护同类的重要意义？我瞧不起她们。

"你到底想干什么？编出那么个瞎话来害宝贵，来害我们艾家，你真是个阎罗王投胎啊，非要把我们艾家搞得断子绝孙、全部下十八层地狱，你才满意吗？"我爷爷边抽打我，边训斥。

我不哭，坚决不哭。我也不再辩论，我知道这个房子是他们的，这里的事情由他们说了算，我的辩论根本没有任何用处。

"艾家祖上造了什么孽，养出这么个不肖子孙。我打死你！打死你这个不肖子孙。"我爷爷一边抽一边喊，竟然也掉眼泪了。

"娃你知道吧？村里已经开始有人说闲话了，说我们家宝贵把你怎么样怎么样了。村里人的那张嘴，你是不知道啊，他们说得多离谱你知道吗？他们说宝贵强奸了你。宝贵以后还怎么娶媳妇啊？"伯母痛心疾首地蹲到我面前，哭诉着，"娃！这个结果是你要的吗？现在宝贵的名声毁了，你呢，你的名声也毁了。"

我吃惊地看着伯母，事情被传成这样，确实不是我所愿意

127

的。怎么会传成这样呢？我看着伯母，想起她曾经对我的好，忽然间，我居然有些愧疚了。这种愧疚感挥之不去，继而，某一个瞬间，我的脑子里居然闪出了一个念头：难道，当时真的是我看花眼了？

这是多么要不得的念头，它闪过之后，我就否定了它。它的出现，令我心惊。多年以后，我意识到，作为女人，我也有自己的宿命，那就是善良。

"从明天起，你每天挨家挨户地去村子里，跟别人去说，宝贵没有做任何对不起你的事，你之前说的，都是你胡说八道。"我爸爸这时说话了，给了我这么个让我大吃一惊的命令。

我难以置信地看着他。

"对！娃！只有这样，你才能为宝贵正名，也能为你正名，只有这条道了。"伯母说，"为你自己好，为宝贵好，你就听你大的话吧。赶紧答应你大啊，否则你爷爷还得打你。"

亏他们想得出来。为了挽回艾宝贵的所谓名声，他们真是殚精竭虑了。

"不可能！我不可能挨家挨户替艾宝贵去说这种话。他做了就做了，我最多原谅他就是，叫我去做这个事，我做不到。你们打死我，我也不会去做。"

"那你滚！滚出我们艾家。"爷爷咆哮道。

居然没有人制止我爷爷对我的驱逐，我爷爷这么说了之后，大家都只是用期待的目光齐瞪着我，仿佛在说，赶紧答应你大吧，要是真把你赶出家门，那对你就不好了。

128

"就算把我赶出艾家，我也不会那么做的。"我坚决地说。

"那我们艾家只能把你赶出去。我早就看清楚了，你根本就不是艾家的人，你就是个妖孽，你就是阎罗王派到人间过来害我们艾家的妖孽，我现在只好替天行道，替艾家行道，除妖。"

他们居然真的不再让我进家门，我自己家，我伯母家，都不让我进。我就这样被他们逐出家门了。是的，我十四岁离开家乡去外地，其实并非我自己的决定，是我被他们赶出了家里，我无路可去，只有离开家乡。

我出生那天，他们没能扔掉我。在我十四岁那年，他们终于获得了充分的理由，把我逐出家门了。为了这一天，他们等了十四年，我好同情他们的，哈！

第十一章

1

此刻，汪小白终于在电脑上看完了艾贷贷的第四篇微博，也是他先前唯一没有看过的一篇微博。

窗外，长夜里的城市上空显得低矮、模糊。汪小白离开电脑，在黑暗的房间里走到窗后，看着夜空发呆。到此刻为止，他觉得他彻底原谅了艾贷贷对他的各种屏蔽和拉黑。眼下，他心里只剩下了对她的担心。

汪小白能理解艾贷贷用小号释放倾诉欲。经历了那么糟糕的童年，她是需要倾诉的。但汪小白对她倾诉过去时那种无所顾忌的坦诚，还是不太认可。这多少是有点不理智的。她难道没有想过，认识她的人有可能会翻到她的微博小号？艾贷贷知道赫炜已经截屏了她小号上发的长微博吗？

汪小白觉得必须马上见到艾贷贷，当面告诉她，她的微博小号被赫炜秘密监控了。她必须马上把那几篇长微博删掉、注销账号。尽管他也知道，删微博、注销账号并不能改变赫炜已经取证了的事实。

汪小白忽然想到了艾贷贷挂在链家的房子。看看时间，是九点五十。还有十分钟链家要下班了。汪小白火速下楼，冲到了楼下那家链家的门店。几个链家小哥正在收拾东西准备关门下班。汪小白堵住他们中的一个，说他想买艾贷贷的那套房子，希望他们一定说服房东跟他面谈——此前那次，链家是告诉汪小白房东坚决不与买家照面的。汪小白只顾自己说，那位链家小哥多次想打断他，都没能成功。等他说完了，链家小哥终于抱歉地向汪小白笑了笑：

"哥，真不好意思。房子已经卖掉了。"

"卖掉了？"

"对！今天房东刚跟买家还有我们签了三方协议。"

"今天上午房东来你们门店了？"

"这个房东，这位姐，挺神秘的，她不愿意来我们门店签约，专门约在一个很偏僻的咖啡馆里签约。"

汪小白后悔极了，他想到此前其实可以以买主的名义想办法跟艾贷贷见上面的。"她看上去……好吗？"

链家小哥一时没明白过来。

"噢！我是问，房东看上去好吗？比如身体状况、精神状况。"

"没看出那位姐有什么不正常啊。"链家小哥说，"你怎么关

131

心起这位姐来了？你跟她认识？"

"对！我们是朋友，有点误会。我想见她。可是她对我避而不见。"

"想见她……倒是有一个办法。"链家小哥想了想，说，"房子现在还没过户。过户那天，你可以去房产交易中心见她。如果她不愿见你，你偷偷在交易大厅远处看不就行了？"

"您说得太对了。"汪小白惊喜了，"哪天办理过户？"

"现在我正在协调时间。明天时间肯定可以定下来。"

"依你的经验，会定在什么时候过户？"

"通常，得半个月以后。"

半个月，太久了。汪小白觉得现在就应该见到艾贷贷。

汪小白郁闷地走出那家链家门店，一个人在街上游逛。有一阵子，他想给赫炜打个电话，请他不要继续琢磨如何整治艾贷贷。但汪小白最终还是决定不要打这个电话。他汪小白跟赫炜有什么交情？有吗？没有。尽管他们同处于一个前夫群，看似是一个紧密的小团体。前夫群整体上来讲是个畸形的东西，它基本上产生不了真正的友情。

2

汪小白忽然很想见到艾家那几个男人。艾贷贷那天告诫他不要跟他们接触，在汪小白现在看来，是因为她认为汪小白对艾家的男人知之甚少，怕他受了他们的蛊惑，但是现在情况不一样了，艾贷贷的那五篇长微博，让他可以对艾家的男人有足够的警惕，艾贷贷顾虑的原因不在了，汪小白大可以去跟他们会面。

汪小白来到他们的房门，刚要按门铃，却听到里面传来吵闹声。汪小白就站定了，在门外听他们吵什么。听了一会儿，汪小白听明白了他们吵闹的原委：

下午，艾树民从外面回来，翻开枕头下面的床单一看，他藏在里面的一千块现金不见了。他就出去了一个小时，在这期间，艾家的其他三个男人和一个婴儿都在屋里，但艾树民出去的时候艾定春和艾树富两个人在另一间屋子里睡觉，等他回来的时候两个人还是在睡觉，艾定春连姿势都没变过。艾树民出去的时候，艾宝贵躺在客厅地面的凉席上用他心爱的苹果手机打游戏，他回来的时候，看到艾宝贵正抱着孩子看电视。丢失的这一千块钱，谁的嫌疑最大？无疑是艾宝贵。况且艾宝贵有过偷钱前科，更加令人确信是他无疑。艾树民很生气，但他也不能随便质疑，就先问艾宝贵，他走的这段时间里，有没有外人进来过。

"我哪儿知道有没有进来过。"艾宝贵一副懒得理会艾树民的样子，回答道。

"你不知道有没有进来过？那我出去的这段时间你不是全在屋里？"艾树民耐心地问。

"我是不是全在屋里，你看不见吗？"

"你的意思是，你全在屋里？"

"那是你说的，我可没这么说。"

艾树民心里有数了，如果艾宝贵没有掏走他的钱，不必这么

133

不直接回答他的问题。那又不是多么重要的问题。艾树民就直截了当地问："我放在枕头底下的一千块钱没有了，你知道谁拿走的吗？"

艾宝贵听到这话，受辱般跳起来，大叱："你是在怀疑我吗？"

"我可没这么说。"艾树民道。

他也不愿意相信艾宝贵会拿他的钱，毕竟他们也算是亲人。

在里面睡觉的艾定春和艾树富这时起床来到客厅。二人听了一会儿，首先艾树富开始去替他儿子说话。再接着下来，艾定春也加入为艾宝贵撑腰的行列。艾树民以一挡三，难以招架，加上这一千块钱让他心疼，他就怒了，开始斥责艾宝贵。从小到大被艾家人视为珍宝的艾宝贵何曾受过这样的气，他寸步不让地反驳艾树民，进至二人要拳脚相向了。

汪小白来到门外的时候，正逢艾定春站在艾树民与艾宝贵、艾树富之间拉偏架——汪小白听出来的。汪小白也听得出来艾树民是极度生气的。艾树民无法忍受的是：摆明的事实，艾定春、艾树富和艾宝贵居然合力否认。汪小白在门外站了快有二十分钟，其间，他听到里面的人把一个意思重复讲多遍，一句脏话骂多次，有一会儿，他们似乎真的要动起手来。汪小白听得心寒。实在无法想象，亲人之间会偷钱，会如此不择言辞地争执。

"早知道你这么护着你这偷鸡摸狗的孙子，我就不带你出来了。"

这是艾树民的声音。

"我要来吗？我这么大岁数，还懒得出来呢。"艾定春反击道，"城市里到处都是人，过个马路都要先看红绿灯，再看这屋子里，光秃秃的，什么都没有，还有你那不孝的闺女……我要跟你出来？呸！行！你明天就送我回家。"

艾树富接老头子的话茬儿，"大说得对！是你要我们来的。你想显摆你娃在这边混得好，就喊我一起过来。就是因为你想在我们面前显摆，我们才来这儿的。就这个道理。"

艾树富说的居然是事实，只听艾树民说："对！我请大和你一起来我女儿这儿住一段时间，可是，我又没请你们家宝贵来。请问，他跟着过来干啥？"

"我跟着过来干啥？我要你女儿还债啊！她小时候吃在我们家、住在我们家，我过来到她这儿吃点喝点、住几天，还过分了？"艾宝贵大声嚷嚷着，"这不才住了一个月吗？你就想替你女儿赶我们走了？哼！我们偏不走！爷爷，不要走，咱好好配合他的显摆，住久点儿。倒要看看，他女儿混得到底有多好。喂！你，别是吹牛的吧？我借她点钱买个苹果手机，她怕我不还她似的，只说借我几千，我偏不，我偏要买最贵的那款，偏要借一万多。"

"你还说呢，你借我女儿买手机的钱，赶紧还我。"

"凭什么还给你？又不是跟你借的。你让你女儿自己出来，我马上还给她。她见都不愿见你，不愿见我们……我们来了一个月，她迫不得已才露了两回脸，当我们是什么？"

汪小白不想再听下去。他觉得，如果没有特别的必要，他再

135

也不想见到这一群艾家的男人。汪小白整个儿对中国乡村里的人产生了很不好的印象。他不知道，像艾家这群男人这副德行，在中国乡村里也算是奇葩。汪小白摇着头，走到电梯口。就在他刚摁完下行键的时候，他看到另一个电梯门开了，出来三个凶神恶煞的烂仔。烂仔们都穿着背心，其中一个两臂纹满了花纹。在电梯到位之前，汪小白看到他们来到他刚才站着的门口，不由分说地用力敲起门来。电梯到了，但好奇于烂仔们来干什么的汪小白没进电梯。

"谁啊？"

里面传出艾树民的声音。

"开门！"三个烂仔中的"花臂"喝道。看来，他是三人中的头儿。

"到底是谁？"艾树民喝道。

"别装傻！你听得出我声音，我前天来过。""花臂"大声说，"赶紧开门！"

里面没了声音。汪小白来了兴致，索性悄悄走过电梯口，走到安全门后面偷听。这时，房子里面传出艾树民变得和软的声音：

"我前天不是跟你说了吗？我没钱。你回去跟雇你收钱的胡老板说，要钱没有。要命，我倒是有一条老命。"

"你这条贱命一分钱不值，胡老板不要。他只要钱，开门，还钱！"

里面艾树民的声音变成求饶了。"哎呀！我上次不是跟你们说了嘛，我是没钱的，你们真想要我还钱，去找我女儿嘛。我说了的嘛，还来找我干什么嘛。"艾树民居然抽泣起来，"去找我女儿吧，好不好嘛？你们只要找到她，她一准儿有钱还给胡老板。"

"我们找到你女儿了。""花臂"大声说。

"什么？找到她了？"里面艾树民的声音很怪异。听不出他到底是惊喜还是惶恐。

这边，汪小白听到"花臂"这句话，惊喜不迭，他按捺不住激动，"砰"地拉开安全门，冲向"花臂"他们。

"你是说，你找到艾贷……艾树民女儿了？"

"这又是哪儿冒出来的一棵葱？""花臂"转向汪小白，警觉地看了汪小白一眼。

"我是……艾树民女儿的朋友。"

"艾树民女儿的朋友？""花臂"来兴趣了，"你想干什么？"

里面的艾树民听出汪小白的声音，大声喊道："代子的好朋友，汪汪汪……汪老板，你告诉他们，既然他们已经找到代子了，就叫他们不要在门外砸门了，赶紧带他们走，去找代子要钱去。"顿了一瞬，他又大声说，"汪老板，帮我问他们要一下代子的地址，他们不是找到代子了吗？"

"踹门！""花臂"突然向另外两名烂仔吩咐道。

不由分说，那二人用脚踹起门来，你一脚我一脚，很快，"花臂"也开始踹，一边踹，一边怒叱：

"我让你诓我！让你诓我！我们找到你女儿了，可是你女儿一个屁用都不顶，她已经傻了，根本不记得是你女儿了，你们早

137

知道她傻了吧？你还让我们去找你女儿。"

傻了？什么意思？听错了？汪小白站在三名烂仔身后，甚为迷惑。过了一会儿，他压制住心里的疑惑，暗忖，不管怎么说，今天是来对了！找了那么些天，终于要找到艾贷贷了。这么一想，汪小白凝视静听起来。这时，从里面传出艾宝贵的声音：

"你们别踹门了，也别进来了。你们就赶紧抓住你身边这个帅哥吧。什么好朋友？听他瞎掰，他是艾代子的相好，相好。你们不是说你们找到了艾代子也没用吗？她没有用也没关系，你们找她相好就行了。艾代子有替她爸还钱的义务，她还不了，就她相好代她还，是不是这个道理？哎！我告诉你们啊，艾代子的相好可有钱了。"

"花臂"听罢门里艾宝贵的聒噪，示意他那两名弟兄们停下来，而后三个烂仔围住汪小白，仔细地打量了起来。

就在他们打量汪小白的时候，里面艾树民和艾宝贵放低声音争辩起来。

"这个人真是代子的相好？"艾树民问。

"我又不傻，他就是代子的相好，绝对是相好。"艾宝贵得意地说。

里面二人的这番辩论，"花臂"听在耳里。这时，他像武侠电影中的人那样，向汪小白抱了抱拳，故作斯文地说：

"那么就是说，你是艾树民的女婿喽?"

"女婿替岳父还钱，天经地义。"另两个烂仔中稍矮的那个抢话。

"你们可别乱来。"汪小白大声道,"就算我是艾树民女儿的恋人,我也没有义务替艾树民还钱。不是吗?"

三个烂仔见汪小白义正词严,大概觉得遇上的不是个软柿子,便齐刷刷地把目光从汪小白脸上移开,彼此看了一眼,而后不约而同地重又举脚踹门。

"开门!我们不找你女儿,不找任何人,就找你。艾树民,你个欠债不还的老东西,我们就找你要钱。开门!"

里面的艾树民号哭了起来。"我到哪儿给你们弄这一百多万啊。我弄不到的呀。我要是能弄到这笔钱,早还给胡老板了啊。"

汪小白蓦地走到"花臂"眼前,说:"能带我去见他女儿吗?"

第十二章

　　如果不是因为艾家的男人突然闯入我的生活，我想我不会想到跟你离婚这样的下下之策。就是我们离婚前不久，艾家的男人突然打听到了我工作的单位，并顺藤摸瓜找到了你我的住处、我当时空置的那套房子。当然，那时候，你是不知道他们找到我了的。

　　艾家男人的出现，使得我只能跟你离婚，必须跟你离婚。你是个简单的人，我不想让你陷入艾家的泥淖。那种陷入的背后，是一条无际的黑暗之路。我自己在这种黑暗里深潜了二十九年，我深知被这种黑暗裹挟的痛苦、悲哀和无奈。我怎么能让你因我而被这黑暗吞噬呢？我不能。

　　我爱你，小白！你是一个真正让我懂得了爱的男人。我爱你，所以我不想让你被我的家族拖累。

　　我从来没有跟你探讨过，我的三段婚姻是如何与我的心灵碰撞的。现在我想跟你讲讲。

　　如果把一段婚姻比作一条河流的话，这三年里，我的心灵冲进与退出过三条河流。在这三次的进退中，我的心灵所扮演的角色是不同的——抱歉，作为一个曾经的中文系高才生，我免不了用文学的语言来跟你讲这些感受。我认为，唯有这样的语言才大概抵及我的心灵世界——在第一条河流中，我扮演的是一个投毒者；第二条，我充当的是一个溺水之人；第三条，我是一个被日夜漂洗的幸运儿。

现在我来帮你除却这位投毒者脸上的面纱。

无疑，我在跟你说我与赫炜的那场婚姻中我冰冷、恶毒的内心世界了。是的，我是带着报复的心理进入那段婚姻的。在我认识赫炜之初，我认为，他就是艾宝贵的另一个化身。赫炜是一个城市里的花花公子，一个在人们眼里真正意义上的花花公子。艾宝贵是一个乡村花花公子。所不同的是，艾宝贵碍于贫穷无法在真正意义上成为花花公子而已。许多次，我看着赫炜，就像看到了艾宝贵，只不过，前者比后者外表更光鲜、精致而已。本质上，他们都是同一个人，都是男权社会特意铸造的一把指向女人的利剑。在这场婚姻中，我明确知道，我潜意识中挟带了一个借赫炜之躯报复艾宝贵、报复这个男权社会的目的。

如我所愿，这段婚姻给赫炜留下了我预想中的创伤。

可是，我呢？作为一个创伤制造者，当我离开这场婚姻的时候，我全身而退了吗？并没有。后来我讶异地发觉，我给赫炜留下了多少创伤，给自己的心灵也留下了多少道划痕。离婚后，每当我一想起，我居然挟有如此卑劣的目的去进入一场婚姻，我就对自己感到嫌弃。我觉得自己脏。从前，我会觉得自己的人生躁动、混乱，但从未觉得自己脏过。现在我有了这种不好的感觉。这种脏的感觉，随着时间的推移越来越强烈。我开始有洁癖，开始有强迫症，开始抑郁。等到与毕战群结婚的时候，来自医院的检查报告说明：我已经是个中度抑郁症患者了。

当然，在与毕战群那段婚姻中，我刻意向他隐瞒了我的病情，我背着他吃药，背着他定期去医院看诊，我不敢，也不想让他知道这件事。我不相信男人，所以不敢、不想。哪怕毕战群堪称一位绅士，我也难以让自己去信任他。

我刚才说我在第二段婚姻中，我的心灵处于一种溺水状态，这就是这种状态的表征之一。

毕战群当然不是一个完美的男人，他只是一个从贫寒家庭出来的努力、拼搏、天性较为善良但刻板、无生活情趣的男人而已。同这个世界上的多数人一样，他有他的优点，也有他的缺憾。我最可怕的一点是，我喜欢对他吹毛求疵，喜欢抓住他的一点人生缺憾，用力地放大，直到这种放大的行为，像一把刀，刺痛他，刺伤他，在他心里留下疤，我才罢休。当我意识到这一点后，我对自己感到恐惧。这是童年生活所留下的阴影在操控我吗？我时常这样追问自己。这个问题让我不寒而栗。

我想起，我被艾家驱逐后的第二天，即，我离开家乡的前一天，我找到我同班的一个女孩，就是在上学路上被男孩骚扰的女孩之一，我把艾宝贵对我做的事及艾家人后续的反应告诉她，然后我们决定在放学的路上拦截某个坏男生。我们说做就去做了。那是中午，我们像两个野孩子，突然从路边的庄稼地里蹿出来，

142

一左一右截住一个此前曾经在同样这段路上羞辱过我这位女同学的男生。我像他此前做过的那样，对他说：

"你不是喜欢露下体吗？把裤子脱下来。"

男生被逼无奈，脱掉了裤子。我拿出事先揣好的火柴，点着了，烧掉了他的裤子。然后我拉着我的女同学飞快地跑了。我们听到身后传来后续经过的男生们在嘲笑那名男生的声音……

然而，就在我和我的女同学奔跑的过程，她突然站定了，不安地说：

"好像弄错了！"

"弄错了什么？"我吃惊地问她。

"好像不是这个男生。他只是跟那两个坏男生中的一个有点儿像，这个男生……我想起来了，他平时其实挺乖巧的……怎么办？弄错了。"

在我离开家乡后的十数年时间里，我无数次会想起那个无辜受辱的男生光着下身羞怯地站在路中间的场面。这种回忆令我羞愧不已。与毕战群结婚后，每一次在我对他对无端挑衅、恶语嘲讽之后，我都会看到发生在我十四岁那年的这个场景。它甚至取代了我与艾宝贵之间突如其来的那一刹那，更多地突袭我的脑海。

羞耻感、不洁感，对自我的嫌弃，在我的身体里愈演愈烈。有一天，医院的诊断书上显示，我的抑郁症已经很严重了。我暴躁、焦虑，时而卑怯，时而亢奋，有时觉得自己是个好人，有时觉得自己十恶不赦，我整夜整夜地睡不着觉，白天无法完善地完

143

成任何一项工作。一件很可怕的事情发生了：

有一次，我坐高铁，与邻座一位中年男人因为座位的问题争执起来。与这个男人相比，我没有控制好自己的情绪，在某一瞬间，我彻底被他激怒因而爆发了。我尽情地向这个伪善的讨厌男人发泄着情绪。那时候，我的脑子里没有理智，只有发泄。第二天，微博和朋友圈里很多人都开始转发一个女人在高铁上痛斥邻座的视频。视频被巧妙地剪辑成对我十分不利的情节线。看到这个视频的人很多，包括认识我的人。在这个视频下面留言的人，百分之九十都是对我的谩骂，"神经病""丑女人，去死吧""素质！中国人的脸给你丢尽了"……我难以承受，住了一周的院。这件事发生在我与毕战群刚刚办完离婚手续几天后。

我为什么变成这样了呢？我感觉我快要窒息了。来自网络的暴力还在持续，加上离婚后心灰意冷，那段时间，我觉得我是根本没有资格结婚的女人。这种念头最后发展成为：我觉得，我是一个对社会有害的人。我把自己关在家中，连续数日不出门。这之后的一天，我出门了，站在街上，我感觉来往的一切事物都在晃动。我知道，这在医学上可以解释为，那一刻，我的焦虑性神经症发作了。很奇怪，我在突然间非常享受这种眩晕的感觉，我居然微笑着在大街上胡乱行走起来。一辆辆汽车经过我身边，驾驶室里的司机打开车窗高声叱骂我"不要命了吗"，行人纷纷向我投来疑惑、担心的目光，也有人冲着我大声嘲笑。我感觉自己突然变成了世界中心，我觉得我应该用某一个惊艳的行为去灼伤他们的目光。对！这就是当时我的心理，就是这么妖艳的心理。

我突然迎着一辆疾驶过来的车走去。就在这个时候，我才意识到，我的行为，可以简单地归结为：自杀。我惊恐起来，下意识地要去避让那辆车，但是已经来不及了，那辆车向我冲来。

小白！你是否记得，你就是在那一刻出现的。当时，你正在街边写生。我下意识地避让这车，向人行道跑去，正好撞到了你，撞倒了你的画板。而就在这个时候，一辆电瓶车来不及刹车，撞倒了我。电瓶车撞完我飞快地逃走了。这件事本没有关系，但你坚定地认为，一切由你造成。如果不是你在街边写生，我不会被撞。你当时就是这么想的，也是这么说的。避让着这车，正好撞到了你，而你正好把我撞向远离那车的方向。

"小姐，你受伤了吗？我带你去医院吧。"这是你跟我说的第一句话。

"是我害你被撞伤。我要替自己的错误行为负责。"

你真是太单纯了。当时我就想：这个男人难道不知道，多少人在马路上撞了人还不承认呢，又有多少人，看到马路上有人跌倒，怕遇到碰瓷的，马上远离。比如刚才那个骑电瓶车的肇事者。怎么有这样一个人，非把过错往自己身上揽呢？

你送我去了医院。在此期间，你一直在向我道歉。检查过后，医院告知，我只是膝盖、手肘有几块擦伤，其他没发现什么问题。但你坚决要我住院察看几天。我不愿意，你居然向我扮鬼脸，说，就算是为了让你心安，我也该答应你的住院请求。我只好住院了。我在医院住了三天，你每天都来看望我几个小时。你给我叫外卖、变魔术，你还带来吉他，为我弹琴，吵得旁边的病人要向医生投诉，但你却为了能够把献给我的曲子弹完，居然答应邻床一会儿也专门为其唱一首歌，这才平息了邻床的不满，这就是你的本事，你用你的快乐、胸无城府，让所有人立即喜欢上你，愿意稍稍违反一下规则，满足你的小小要求。

后来，我们恋爱了、结婚了。你就是一直用这样的方式让我时刻沉浸在欢乐中。对我这种深深被抑郁困扰的人来说，你就像一颗药，具有强大的治愈能力。事实也正是如此，在我与你生活的过程中，我感觉自己一天比一天变得开朗起来。

我很庆幸能遇到你。最近一两年来，最困扰我的一件事，终于因你而解决了。我每晚每晚躺在你怀里，像个婴儿一般沉沉地睡着了。在认识你之前，失眠已经把我折磨得快要死过去了。我每天每天失眠，感觉过不下去。你却神奇地治好了我的失眠。充足的睡眠，令我重现往日的光彩，单位的同事，都说我比以前漂亮了。这都是你的功劳。

我爱你！小白。如果不是艾家的男人突然袭击了我的生活，其中一个男人，艾树民，这个被我不得不称为父亲的人，他还背着上百万的高利贷，如果不是因为这个，我怎么会选择跟你离婚呢？

他们的到来，让我必须跟你离婚。

正如你所知道的那样，我连哄带骗，甚至利用了你对我的爱，办完了与你的离婚手续。虽然不舍，但当天我就删掉了你的微信，屏蔽了你的电话号码，并换了手机号。

艾树民的到来，也引来了收高利贷的人，在艾树民的指引下，这些人缠上了我，非要我替艾树民还债。

为了让他们找不到我，我只好暂时辞掉了单位的工作，把几乎所有的朋友都从我的微信里删除。

我没有别的办法，只能这样。

小白！现在你心里的疑惑解除了吧？

第十三章

　　汪小白跟着"花臂"他们来到市第四人民医院，这家医院主攻精神类疾病，在来的路上，"花臂"告知汪小白，他们也是昨天才得知艾树民的女儿艾代子在这儿住院的，但是昨天他们来了之后，发现艾代子已经处于某种离奇的精神类疾病状态：她不记得自己是艾树民的女儿了。现在汪小白急于见到艾贷贷，他真的担心艾贷贷连他也不认识了。

　　汪小白所担忧的，真的发生了。在艾贷贷的病房里，他吃惊地看到她两眼呆滞地看着向她走去的他，显然她没认出他来。

　　"嘿！你怎么样了？我找你好些天了，你还好吗？"汪小白紧张地问。

　　艾贷贷木然看了汪小白半晌，把头转向她身边的女伴，问："他是谁？"

　　女伴不认识汪小白，摇摇头回答艾贷贷："我也不知道。"

　　"你是谁？"艾贷贷把头转向汪小白，警觉了。

　　"你看！她连你也不认识了。""花臂"说，"昨天她说她不认识艾树民，我还琢磨着她是不是装的，现在她连相好都不认识了，说明她真的傻了。"

"那怎么办？""花臂"的一个弟兄问。

"怎么办？当然还是回去找艾树民。""花臂"说着，冲汪小白喊道，"哎！"

汪小白会意，从兜里摸出五百块钱，交给"花臂"。一个小时前，在艾贷贷为艾家男人所租的房子外面，汪小白和这三个讨债鬼达成协议，他们带汪小白去找艾贷贷，汪小白给他们五百块钱，有此协议，他们才先搁下向艾树民讨债的事，到这儿来的。

现在"花臂"他们拿走跑路费快步离去了，只剩下汪小白、艾贷贷及她的女伴留在这间单人病房里。汪小白过去关了门，回到床边，激动地去握艾贷贷的手。

"贷贷，他们走了，你不用伪装了。"

艾贷贷惊恐地往后避让，大叫起来："别碰我！别碰我！"

艾贷贷的女伴用力推开汪小白。"你干什么？别碰她。你到底是谁？"

汪小白赶紧从床上站起来，站到远离病床的地方，吃惊地打量艾贷贷。"不是装的？她真的什么人也不认识了？"

可是不对啊，汪小白想起，来的路上，他手机收到提示说他有一个新邮件，打开一看，是艾贷贷发给他的一封长信。这封信看得他激动不已。这封信显然就是他往这儿来的路上艾贷贷发出的，这才几十分钟不到，她怎么就认不得他了呢？汪小白把心里的疑问说出来。艾贷贷的女友这才知道汪小白是艾贷贷的前夫。

这时，艾贷贷的女伴与艾贷贷对视一眼，而后快速地替艾贷贷解释道：

"信是她早就写好的，刚才，我替她发给你的。说实话，昨天，那三个要高利贷的人来医院找她之前，她还好好的，他们来了之后，她突然忘记了很多事情，包括她爸，还有艾家的其他那些男人。那三个人走后，其实她还是记得一些事情的。大概她意识到自己很可能马上要把她过往的一切忘掉，当时，她告诉我她的邮箱密码，并交代我，一旦她真的什么都不记得了，我马上把一封她迟迟不敢发给你的信发给你。刚才，我按她的吩咐把它发给你了。"女伴叹息起来，"谁能想到，她真的今早一起来，就什么都不记得了呢！"

原来是这样。汪小白望着艾贷贷，忽然有种心痛的感觉。汪小白又把目光投向艾贷贷的女伴。艾贷贷屏蔽了这个世界上的几乎所有人，唯独把这个女伴保留了下来，她们的关系该有多不一般啊。

"您是她的……"汪小白说出了心中的疑惑。

"我是她同乡。我们是邻村的。小时候，一起上过学。不过，她上到三年级，就辍学了。"

汪小白想到他刚刚看过的那封邮件里那个和十四岁的艾贷贷一起在路上拦截那个男生的女孩，想必就是她吧？

"她会清醒的。说不定今晚就清醒了，我相信。你觉得呢？"汪小白有些自信地说。

"我也希望是这样。"

得到了这样的附和，汪小白一下子乐观起来，他随手打开艾贷贷的微博小号，却发现，之前发的一篇长微博，就是写赫炜的那篇微博，被删掉了。汪小白就问：

"为什么删了一篇微博？"

"微博？"

"对！她有一个微博小号，里面有五篇自述长微博，你不知道吗？"

"……她有微博小号啊？这个我还真不知道。反正你刚才说的删微博，我是没有帮她删的。等她清醒过来，我问问她吧。"女伴忽然下起了逐客令，"汪先生，抱歉，我得让代子休息了。"

"拜托你照顾好她，我先出去。我就在外面，随叫随到。"

汪小白离开病房。

等到确认汪小白已经走远，艾贷贷猛地从床上坐起来。

现在坐在病床上的艾贷贷是一个看起来正常得不能再正常、健康得不能再健康的人。

"对不起！小白！我只能这样。"艾贷贷喃喃自语。

现在可以揭秘了：给汪小白的邮件就是艾贷贷本人发的。但是汪小白今天的到来，完全在她的意料之外，否则，她不会把这封解释的信发给汪小白。她犹豫了那么些天都没发，完全可以多犹豫一些天再发，甚至可以不发。刚才在那一瞬间，她意识到必须在所有人面前装失忆，包括汪小白，幸好她这女友聪明，仅与她对视一眼就巧妙替她解了围。

艾贷贷感激地握住女友的手，忽然前尘往事涌上心头，禁不住热泪盈眶了。女友轻抚艾贷贷的头，将她拉到自己怀里。艾贷贷哭泣着，哭泣着，惹得女友也跟着哭泣起来。

"没事的，没事的……"女友一边陪着艾贷贷哭，一边说些没有用的话安慰她。

就在她们哭着的时候，艾贷贷一抬头，眼珠子对着门上的玻璃不转了。

艾贷贷的女伴顺着艾贷贷的目光看过去，就见那玻璃外面有一张她们都熟悉的脸，紧接着，另有三张长相上有相似之处的男人脸都挤到了门玻璃后面。

正是艾家的四个成年男人。艾贷贷和她的女伴迅速反应，就见艾贷贷忽然目光恢复了先前的呆滞，她就这样呆滞地看着不知名的所在，缓缓地蜷曲了身子，面朝墙躺了下来。艾贷贷的女伴这时站了起来，咋咋呼呼地走到门口，拉开门，大声道：

"你们怎么来了？"

艾家四个男人是偷偷跟着"花臂"和汪小白他们来到这儿的。现在"花臂"和汪小白他们离开了，他们就赶紧跑进来了。

"兰兰，你怎么会在这儿？"艾宝贵第一个进来，讶异地问艾贷贷的这位女伴——兰兰。

"对啊！兰兰，你怎么会在这儿？"第二个进来的艾树民问。

"这还用问吗？"第三个进来的艾定春讥诮地说，"你女儿，我孙女，打小就不跟她爸妈亲，不跟爷爷、奶奶亲，小时候，她跟她伯母亲，跟她这个同学亲。现在她伯母死了，这个世界在她眼前只剩下了一个亲人，就是她这个同学兰兰，她得跟兰兰多亲啊。"

看来，艾贷贷的这位女伴，正如汪小白所猜测的那样，必然就是那个艾贷贷十四岁那年一起戏弄某个男生的女同学了。

说话间，艾家四个男人都来到了艾贷贷的床前。艾树民看着对他们的到来无动于衷的艾贷贷，说："代子，我说你躲我们干什么啊？你不让我们知道你在哪儿就算了，还只相信兰兰这个外人，你这……这也太让我寒心了吧？你说，我带着你爷爷、伯伯，还有你哥宝贵，专门来看你，你躲在这儿算什么事儿？"

艾贷贷一声不应，瞪着大眼睛，疑惑地看着艾家这四个男人。

"真的傻了？认不出我们了？"艾树民看看艾定春，又看看艾树富和艾宝贵。

"反正，从刚才我们进来这一道遇见的病人看，这就是个精神病医院。"艾宝贵没好气地说，"我看啊，她是真的傻了，否则，她住在这儿干啥？"

"那怎么办？她傻了……"艾树民不安地说。

他的言下之意，艾贷贷傻了，谁来替他还钱？他的不安自然不是因了对艾贷贷的担心，还是因了对自己的担心。

兰兰突然火了，她张开两臂，将艾家四个男人一一推得远离了病床。而后，她厉声喝道："代子是谁？她是叔叔你艾树民的亲女儿，是爷爷你艾定春的亲孙女，你们找到这个地方，发现代子得了这样的病，你们首先想到的不是问问她怎么得的这个病、病得重吗、能治好吗、有钱治病吗，你们首先想到的是你们自己，想到的是她病了就没法儿照顾你们了，就没法儿给叔叔你还钱了，你们怎么能这样冷血无情、自私自利？"

这个兰兰出自乡村，看样子现在仍生活在乡村里，自然是深谙如何对付这些不顾艾贷贷死活的男人。现在，她一把抄起一个枕头，劈头盖脸地向他们砸去。

"你们给我出去，出去！别影响代子养病。"

"兰兰！你再砸我试试？"艾宝贵粗声粗气地对兰兰道。

兰兰不管那么多，甩起枕头用力地拍打在艾宝贵的头上。艾宝贵"哎哟"一声抢过枕头把它向兰兰砸了回去，不想却砸偏了，枕头飞向床上的艾贷贷。艾贷贷看着飞向她的枕头，突然捂住眼睛，惊叫起来：

"啊！啊！啊……"

"代子，我是你大。你别'啊'了，你别真认不出我来吧？要是认出来了，喊我一声'大'。"

艾贷贷只一意地大声"啊、啊"地惊叫着。

"哎呀！怎么搞的嘛？怎么真的变成傻子了嘛。"艾树民忽然哭了起来，"你傻了，我们可怎么办吗？在这个地方我们什么人也不认识的，可怎么办吗？"

艾树民哭诉着，还抓住了因艾贷贷的哭喊而跑进来的一男一女两名医护人员中的那位男医生。男医生没好气地甩掉了他的手。

"你们是什么人？在这儿哭闹什么？"

没等艾家四个男人回答，兰兰抢先道："医生，这四个人我们不认识，是来捣乱的。请把他们赶走。"

艾家四个男人就这样被轰走了。

几分钟后，艾贷贷在那位男医生做完了对她的例行检查后，向他哀求道：

"赵医生，麻烦您帮我一个忙行吗？"

"你别客气！请讲！"赵医生道。

"我遇到了坏人。必须向所有人装成失忆患者，您能帮我圆这个谎吗？"

艾贷贷在跟赵医生说话的时候，她没有意识到，在艾家的男人们离开后返回的汪小白在外面偷听。等赵医生出了门，汪小白踅了进来。看到脸上写满"一切尽在掌握"的汪小白，艾贷贷和兰兰吃惊非小。

"贷贷，我都听到了。"汪小白坐到艾贷贷身边，握住她的手，温柔地说，"我觉得你一定还有一些难言之隐，不如全部跟我说出来，怎么样？"

第十四章

1

我完全没有料到，艾宝贵、赫炜，这两个完全不相干的人，居然会搅和到一起去。不过，一想到你、毕战群、赫炜，你们三个本无可能交往的人还专门为我成立了一个微信群，形成了一个小团体，我也就能理解艾宝贵和赫炜的亲密接触了。这个世界上的任何两个人，都可以发生必然的联系。只需要一点线索，就可以使二者紧密牵制和维系。你、毕战群、赫炜，因为都是我的前夫，这个线索只需要配上你们其中一个人的某个诉求，就可以立即使你们在现实中合体。促使艾宝贵和赫炜合体的那个线索是什么呢？现在我告诉你：他们都看上了我那套房子。

你刚才没听错，是的，你、毕战群、赫炜有一个前夫群，这件事我知道。我是通过艾宝贵之口知道的。事实上，是他无意之间泄露出这件事的。不过，这件事无关宏旨，它在我这儿最多能让我多看到一次人的劣根性而已。倒是你，你肯定急于知道艾宝贵是什么时候无意间向我泄露你、毕战群、赫炜建前夫群的事的吧？他又是通过什么途径知道这件事的呢？听我慢慢跟你说。算了，鉴于你知道些赫炜这段时间对我的所作所为，我就更详细地跟你讲讲赫炜这段时间做了什么吧，说完了赫炜，什么都清楚了。

如你所知，多日前，你出于对我的疑惑，主张创建了那个前夫群。很快到来的某一天，我受艾宝贵的胁迫，与他去万象城苹果店给他买手机。正巧苹果店里有一个员工以前在赫炜手底下干过，出于向"大哥"举报"奸情"的动机，该员工告知了赫炜我和艾宝贵的行踪。接下来的情况你是知道的：你按照赫炜提供的信息，来万象城找我，你碰到我了，但我逃了。你还挨了艾宝贵一拳。当然，你住院时，我担心你，偷偷去看了你。两次住院，我都有去。可惜两次都被你知道了，只不过，第一次，我去偷偷看望你，你追出来，并没有发现我。好了，我不岔开来说我和你之间的事，继续说回赫炜。

你所不知的是，那天，除了你去万象城堵截我，赫炜也去了万象城。只不过，他跟你不一样，你是明着找我，他在暗处跟踪我。嗯！当时我自己是不知道被他跟踪了的。

在万象城里，我从你眼前逃开之后就去了地下车库。赫炜跟着进了车库。我带上艾宝贵开车从万象城出来后，赫炜的车就一直在后面跟踪。直到他跟到了我原来的房子，即我给艾家的男人们租房的小区。

赫炜肯定跟你说过，他是通过他的朋友得知我租住的房子地址的，他没说实话，其实是他自己那次跟踪后得知的。

你要问了，赫炜为什么要跟踪我？他当时的心理动机是什么？当然是，他那个时候就开始打我那个房子的主意了。赫炜其实根本不是富二代，他只是深知富二代的身份在财富圈容易办事，于是刻意给自己经营出这么个人设而已。他倒是有点小钱，但绝不是富豪。真正的富豪是像你爸那种人，你才是富二代。

我其实是最近才知道赫炜不是富二代同时是个伪富豪的。我是怎么知道的呢？首先是因为那篇微博，我的那篇微博。

那篇用"H"指代的微博，是几天前赫炜黑进我的微博后发出来的。当然这篇微博里的许多内容来自我一年前发的一篇微博——在赫炜发出这篇微博的同时，他把我那篇微博删掉了——赫炜利用那篇后来被他删掉的微博，添油加醋地重新写出了这篇微博。

赫炜想得到一个我的"自供"，为未来跟我打官司制作证据。假如，他未来想通过打官司的方式得到那套房产的话。他在为打官司做准备。当然，打官司讨房产会比较麻烦，赫炜不是一个不考虑时间成本的人，不到万一，他不会用这种方式的。

他不是富豪吗？怎么还看上了我那套房产了呢？存着这个疑问，我悄悄去他那个圈子里打听，这才知道他是个假富二代、假富豪。

他这种情况，在他那个圈子里居然是人所共知的。只不过，那个圈子里给自己做假富二代、假富豪人设的人太多，实在是太多了，大家屡见不鲜，所以，即便像我这么个曾经跟他结过婚的人，如果不专门去他的圈子里打听，还真不知道他的这一真面目。

这两年经济不景气，各行各业都难做，赫炜平时那些虚张声势的做派也是需要钱来维持的，现在他连这个维持人设的钱都捉襟见肘了，怎么办？再这样下去他的人设就要崩了，他可不想看到这结局。他苦心经营了这么多年的人设，还没真能通过这人设成为富豪呢，怎么能让它崩。

他想到了一个狗急跳墙的办法，就是，把我的那套房产搞成他的。

说实话，以我对赫炜的了解，他如果不是真的到了狗急跳墙的地步，不会打我那套房产的主意。本质上，他是个不拘小节的人，还喜欢显摆，这样的人其实内心里是比较反感这种蝇营狗苟的行为的。

赫炜当时跟你和毕战群说，他偷拍我，是想亲眼看见我与一个"低档的现任"的不堪生活，那当然是他的一个托词。对了，在你误以为赫炜弄错了我的地址之后，赫炜并没有如你所认为的那样停止拍摄，他的拍摄又持续了几天，直到有一天，他和艾宝贵见面。

在拍摄艾家的男人们的那几天里，有几个时间，赫炜出于好奇，去了对面房子的门外，听里面的交谈。这些偷听，多少让他得知了艾家男人之间的秘密。其中一个秘密，是他得知我爸艾树民是出于躲避债主的原因来我这儿的。这个秘密令赫炜惊喜。在

159

得知这个秘密之前，赫炜对我的所作所为，其实是不带任何实质性的目的的，但现在，他开始有了——他急需一笔至少够他把人设维持一年半载的钱啊。

他所得知的艾树民的秘密，稍加利用，就可以使他得到这笔人设维持费。

怎么利用？方案很简单：扮作找到了艾树民新藏身地的债主上门催债。

也就是说，其实，那三个烂仔，并非艾树民真正的债主派来的，他们是赫炜雇请的"演员"，不，是赫炜和艾宝贵雇请的"演员"。

绕了那么多，现在我得跟你说说赫炜和艾宝贵怎么搭上的了。

是的，如果不联合艾宝贵，赫炜所得知的艾树民的秘密就毫无意义。联合了艾宝贵，这个秘密才有可能兑现为他所需要的他的人设维持费。

他们搭上其实很简单：有一天，赫炜正在门外偷听，准备出门的艾宝贵突然开门，看到了门外的赫炜。

出于某种天生的警惕性，艾宝贵没让里面的其他艾家男人知道门外这个偷听的人，他挟持赫炜进入安全通道，在那里，艾宝贵开始吓唬赫炜。"你不把偷听的企图说出来，我就打110。"赫炜当然比头脑简单的艾宝贵精明，他知道艾宝贵是想讹钱，他也知道，像艾宝贵这样的人，几百块钱就打发了，但是赫炜那个时候产生了一个惊人的主意。

"有一个发财的机会，不知兄台你是否愿意跟我合伙干？"赫炜在安全通道里对艾宝贵故作神秘。

"发财？有多发财？你说说看！"艾宝贵来精神了，松开了钳制着赫炜的手。

"你可以得到……二三十万，对！二三十万这样。"

二三十万，是我那套房子后来成交价的百分之二十。这单生意，精明的赫炜给艾宝贵的分成，是两成。他会得八成。你说得没错！赫炜当然盯准的是我的那套房子。那套我从前从他手里获得的房子，从前他并不在意的房子，现在因破产而急眼的他，要用他的办法把它弄回去。

"二三十万？你不是在开玩笑吧？"艾宝贵不相信地瞪着赫炜。

这样一笔数目的钱，对一个穷乡僻壤里的泼皮、无赖来说，可以说是一笔巨款。艾宝贵自然是不相信的。他觉得这时赫炜说这个，只能证明他想赶紧离开这个危险的安全通道而已。艾宝贵就突然揪住赫炜的脖领子，吓唬道：

"你跟我耍心眼儿是吧？说，你到底来偷听什么？再不说我真的就报警了。"

赫炜见眼前这个乡村泼皮难缠，立即直白地把他的主意说了出来，怎么找人扮债主委托的讨债公司的员工，为什么我的那套房子一定会被艾树民推到前台作为抵债物，等等。

逻辑缜密，没有任何漏洞，这事儿看起来万无一失。艾宝贵听得眼前一亮，当即就和赫炜成交了。接下来，二人还称兄道弟

161

地去外面的餐馆喝了一顿酒。当然，赫炜打心眼儿里是瞧不起艾宝贵的。艾宝贵倒对看上去极像个有钱人的赫炜崇拜有加。就这样，喝完那顿酒之后，两个人就快马加鞭地开始实施他们的计划了。

我想郑重说明的一点是：如果不是我终究得知那三个前来讨债的人是赫炜雇的，如果不是我终究得知艾树民来这儿后频繁出现的讨债人其实源于赫炜和艾宝贵的阴谋，我会主动把卖房子的钱给艾树民，让他还他眼下欠的这笔债，或者给赫炜。

在艾树民这次来这儿之前，我和他就通过电话，在电话里，我答应帮他还债，并想好就卖掉房子来还这笔债，所以，他们来之前，我就把房子挂给中介了。我的想法很简单，可能也很幼稚。我想，我跟艾家终究要有个了断，就让我最后一次狠狠地帮艾树民还一次债，从此后，我与艾家彻底一刀两断。我把这次卖房替艾树民还债，当作我生命里的一个仪式。当然，正像我刚才说的那样，如果没有冒出艾树民这桩事，我也是打算卖房的，卖得的钱，交给赫炜，这也算是为了求得一种心理平衡吧，我不想再因为曾经用非正常手法得到赫炜这套房而自责了。我需要更平静地走向未来的生活，我要用把房子还给他的方式拯救自己的内心世界。

可是现在不一样了，赫炜和艾宝贵要用他们的手段骗走我的房子。这是对我的侮辱，我不能让他们得逞。

忘了说了，我是怎么得知赫炜和艾宝贵的勾当的呢？说起来也特别简单。有一天，我出于对艾树民、艾定春、艾树富三个人的担心，决定偷偷去看望他们一次，碰巧，我碰到了赫炜和艾宝贵的一次见面。我也跟踪他们，最终在他们一起吃饭的地方，偷听到了他们眼下正紧锣密鼓运行的秘密行动。

2

我找到了艾树民。

赫炜和艾宝贵阴谋如要得逞，得突破一关，即，得艾树民永远蒙在鼓里，得他永远不知道讨债者是假的。

我要告诉艾树民讨债者不是真的。

我还清楚地记得那天的场景。其实，这就发生在几天前。

那天，我带艾树民出去，给他买了不少的衣服。他特别高兴。高兴到什么程度了呢？有一瞬间，他居然用饱含歉疚的目光看着我，对我说：

"孩子，大对不住你啊。"

对不住什么呢？他没有，也不想深说下去了。但是就那一刹那，把我给感动到了。在那一刻，我甚至这样想了一下：过去的都过去了，毕竟是父女血亲，以后我还是像正常家庭的女儿那样对待自己的父亲吧。

我现在为我这样想过感到羞耻。

那个温情的片刻之后，我带艾树民去吃饭。我们坐了单间。在寂静的房间里，我开始一五一十地把我刚刚偷听到的赫炜和艾宝贵的秘密行动告诉艾树民。我原本想，他听了这些，一定会大吃一惊，会大骂艾宝贵，会立马要回去跟艾宝贵理论。我错了。艾树民听完后，镇定地笑了起来：

"代子，他们都说你精神有点不正常。我看还真是。你怎么能编出这样的瞎话呢？一个是你的堂兄，一个是你的前夫，那套房子本身就是你前夫给你的，他现在怎么可能跟你的堂兄联手，搞那么一个阵仗，来骗取你这套房子呢？不可能啊，道理根本就说不通啊。"

"我亲耳听到的。请你一定相信我。"我对艾树民说。

"我不相信你亲耳听到的这样的事。你一定还记恨我，不想给我还债，才编出这样的理由。"艾树民佯装生气，"代子，你不想给爸还债就直说，犯不着编这么一套瞎话来蒙我。爸还不了债，大不了再找别的地方躲，不躲你这儿了。再不然，就死。反正我也活够了。我死了，债主就要不到债了，就没有人再来烦你了。算了！你不要跟我说了，我知道了，你就是不想替我还债、替我消灾罢了。我就当白养了你。他们说得对，你就是白眼狼。我就当养了头白眼狼。"

艾树民说着说着竟气愤不已地站起身，随手将我给他买的几件衣服摔到地上。

"假惺惺的，给我买几件衣服，我不要了。几件衣服能值几个钱？你要真有孝心，给我把这笔债还掉。"

我的心冷到了极限，看着艾树民的表演。表演！对！我当时的感觉，他在表演。我像有一双透视眼，一目了然地看到了艾树民此刻的心理：他不但根本不愿意相信近日纠缠他的这组讨债人是赫炜和艾宝贵指派来的，而且十分愿意相信这组讨债人就是他真正的债主指派来的。

如果趁这个机会，让我卖房替他还了债，他就可以从他眼下的困境摆脱出来了。这就是他的想法。这种想法过于强烈，以至于他忽略了：我曾经对他说过，我有考虑过卖掉房给他还这笔债。也就是说，我可能真的会帮他还这笔债。而现在，如果我把钱给出去了但给的不是债主，他的债务还在，后面我就算想替他还，也没有这个能力了。

也有可能，他根本不相信我真心愿意替他还债吧。所以，他宁愿让我还错了债，也不愿意错过一次可能的摆脱债务的机会。

可恶！得有多可恶，才会有这样的心理呢？得有多不在意我的死活，才会有这样的心理呢？为了一个仅仅是很小很小的可能的还债机会，就宁愿把自己女儿的全部身家都押进去，这到底是什么样的一个爸爸啊？他是我爸爸吗？不！并不是！从生下来他和艾家的其他人决心遗弃我那时开始，他就不是了，他就是我在这世上遇到的一个魔障、一道坎，我必须摆脱他，不要再有心软。

摆脱艾家的男人，当前有一个现成的办法，我利用我的病情，装成失忆。

我什么都不记得了，不记得是你艾树民的女儿，不记得我认识过你艾树民、艾定春、艾树富、艾宝贵，我不是你女儿，根本不认识你，凭什么要替你还债呢？你们赶紧滚吧，从我的生活里滚出去，滚出我生活的这座城市，回到你该回的村子里，我们离得远远的，此后不再有任何瓜葛，就这样，滚吧！赶紧！

这就是我此时此刻的心情。

第十五章

1

艾贷贷讲完了，与她身边的兰兰对视了一眼。坐在她们对面的汪小白跟随她们的视线看到了女人间特有的默契。这种默契只有女人们自己才可意会。

这是傍晚，三个人坐在这座城市最著名的廊桥餐厅里。餐厅两侧的外面，是蜿蜒、迂回的狭窄江面，和江两岸突然亮起的装饰灯。灯光下的江面变得景色绮丽，亦有几分梦幻之美。汪小白眯起眼睛，目光穿过艾贷贷与兰兰之间的空隙，定神看着江面。难以相信，艾贷贷背后藏着那么多复杂的事情。其复杂性，一次次地突破了他所能理解的极限。

特别是赫炜，原来富豪身份是他刻意营造的一个人设。但维持这个人设，需要大笔的费用，不是普通老百姓能负担得起的。由此可见，敢去经营这种人设的人，都是赌徒和冒险家。

我们的眼睛所看到的一个人的情形，到底有几分是这个人真实的面貌，有几分是其刻意经营的面具呢？假象与真相之间，到底可以发生多少种交集？到底如何发现真，又如何发现假？我们必须在彻底弄清真与假之后，才能放心大胆地去生活吗？不弄清楚就不能生活吗？

从来没有过像现在这样，汪小白脑中各种迷惑和疑问翻转。它们，撕扯着汪小白的脑血管，令汪小白感到轻微的头疼。汪小白忽然意识到，他的脑血管痉挛症今天可能又要发作了。几天前，七年未打扰他的脑血管痉挛症袭击过一次，现在他的记忆里还停留着那天的疼痛感。如果今天再发作一次，那么他真要开启一种脑血管痉挛频繁发作的人生了。那种人生，给一个人的生理所带来的压力，想想都可怕。汪小白不要经常头疼，他要过去七年习惯什么都不去深入思考的人生。汪小白赶紧转移注意力。

"你怎么了？"兰兰问汪小白。

汪小白心有余悸地在兰兰的发问声中看到，刚才眼看着扑到他面前的那头叫作脑血管痉挛的怪兽跑开了。他转而意识到，这个时候应该出场的，是他对艾贷贷的安慰。一个他深爱的女人，经历了如此复杂、艰涩的一切，承受了那么多的苦与痛，该是多么需要他的安慰啊？

但是，空泛的安慰，对依然深处困境的艾贷贷有什么实质的意义呢？没有。艾贷贷在困境中已经历练得强大，无须来自外部的安慰的力量。她要的是主意，帮她摆脱眼下实际困难的主意。

她眼下最实际的困难是什么呢？当然是如何妥善地让艾家的

男人离开这儿，回到他们的村子里去啊。只要他们走了，赫炜的计划就落空。

怎么能妥善地把他们赶走呢？汪小白如此缺乏生活经验，当然是想不到办法的，艾贷贷自己和兰兰，是否想到了办法？

"贷贷，兰兰，你们想好了怎么让伯父他们离开这儿吗？"

"伯父？"艾贷贷吃惊且恼怒地反问，"谁是你的伯父？"

汪小白立即为自己在任何时候都坚持修养而自惭形秽，在艾贷贷沉重的人生面前，所有这些叫作修养的东西，都显得肤浅、伪善。

汪小白赶紧更正："我的意思是，你们想好怎么让艾树民他们离开这儿吗？"

艾贷贷和兰兰又对视了一眼，同时低下头来，陷入了沉思。隔了一会儿，兰兰抬起头来。

"照理说，他们只要真的认为贷贷认不得他们了，就会走的。问题在于，要让他们真的认为贷贷不认得他们了，还需要想点办法。"

"为什么他们不会真的相信贷贷不认得他们了？白天在医院的时候，他们明明白白地看到贷贷认不出他们了啊！"

"他们，可不是那么好骗的。"艾贷贷发出一声冷笑，"都是从浑泥汤里滚出来的人，哪有那么容易被骗到？我要是没猜错的话，此时此刻，他们一定在我给他们租的房子里开会呢。"

"对！"兰兰接茬儿道，"开会的议题是，代子到底是真的失忆了，还是装给他们看的。他们在唇枪舌战地分析、推理、论证。"

"那怎么办？万一他们不相信，今天白天你们不是白演了吗？"汪小白又替艾贷贷担心起来。他是多么希望有某种神力，分分钟就把艾贷贷拔出她沉陷已久的那汪泥潭啊。

"他们虽然狡黠，但并不是足够聪明的。"艾贷贷再次冷笑，"就只需要我再多演演失忆人，他们就相信了。"

"怎么多演？我能帮你们点儿什么吗？我很想帮你们点儿什么。"汪小白真诚地说。

"当然需要你帮忙，汪小白先生。"艾贷贷回到了汪小白所认识的那个女人的某种状态，促狭地向汪小白挤了挤眼睛，"明天，你来扮演我的前夫——当然喽，你本来就是我的前夫——我是指，你扮演你之外的前夫，比如，毕战群，当然不是真的毕战群，他们又不认识毕战群，毕战群是个什么样的人，他们根本不知道，你就扮演一个很变态、很恶劣的毕战群，吓他们一吓。"

"吓？"

艾贷贷把手从餐桌对面伸过来，像妈妈抚摸自己的孩子那样，柔媚地用手掌轻抚汪小白的脸。"是啊！吓他们一吓。"

外面的天色更加黯淡了，汪小白看着艾贷贷的脸和她脑后旖旎的夜色，心里面升腾起一种渴望，要去更深入地窥探艾家男人丑态的渴望。

2

"你这个贱女人，我可算是找到你了。"

现在，汪小白正在按艾贷贷和兰兰提供的剧本出演毕战群——假的毕战群，一个跛扈、嚣张、暴躁的混账男人。这样的人物设置，与汪小白的性格背道而驰。但对汪小白来说，这种表演不难。作为一个在各大直播软件里都有大量拥趸的直播高手，表演几乎已经成为汪小白的第二专业了。跟赫炜相比，跟赫炜请的那三个演讨债仔的烂仔相比，汪小白的演技不要太过硬哦。

别说是坏男人，就是演女人，只要化妆到位，对他来说也不在话下。事实也正是如此，他一个固定直播的节目就是扮演大妈，演技已达到炉火纯青的地步。在这样一个任何一个普通人甚至都可以通过表演为生的直播时代，只要汪小白想，他就可以成为一个最佳表演者。

只要确定这是演戏，确定自己时下是演员，汪小白可以演啥就是啥。

就怕生活中，你很难看出你对面的那个人，到底是在演戏，还是不在演戏，于是你也不确定到底是该演戏，还是不该演戏，于是经常性地，演技就受到限制。

他们现在所置身的，正是艾贷贷为艾家男人们租住的房子，汪小白此前来过两次这个地方，当然，他是第一次得以进入这个房间。里面的气味真的令人难受，全是艾家几个男人积攒出来的气味。也许是这种气味本身引发了汪小白心里的反感，他很容易就调动出了身体里的愤怒情感，现在，愤怒使他变成了一个一上来就如同疯子般的人了。

"臭女人！你知道吗？我来了两次，没找到你。今天终于找到你了。我不好好收拾你，我不姓毕。"

按剧本设置，兰兰带失忆的艾贷贷前来房子里拿东西，刚进门，就被在楼道里守株待兔的汪小白发现了。汪小白是冲进来的。与先前艾家男人们所识见过的那个汪小白判若两人。

艾宝贵满眼惊愕，看着汪小白。他怎么也没想到，之前那个胆怯、斯文的汪小白——现在他告诉他们，他其实叫毕战群——原来是伪装的，真正的汪小白这么可怕。他第一个被汪小白吓到了，躲在角落里看着汪小白，不敢上前。他大概心有余悸地想，先前他居然敢对汪小白咋呼，那真是找死啊。所有的无赖究其实质，更可能是胆小之辈。

"你居然敢卖我的房子！"

汪小白上前一步，揪住艾贷贷的耳朵。他的手接触到艾贷贷耳朵的时候，心里一阵惶恐——他不想弄疼了艾贷贷——但是惶恐迅速被人设对他的无声叮咛驱逐了，为了演得逼真，只有弄疼她了。他使劲儿揪住艾贷贷的耳朵，把揪着它的手指用力一拧。艾贷贷疼得发出一声惨叫。

"叫！你叫啊！叫死了也没人来帮你。你指着这屋里几个没用的男人帮你吗？他们会帮你？呸！我才不信。"

汪小白拧着艾贷贷，扫视分散在周围的艾家的男人们，艾树民、艾宝贵、艾定春、艾树富，还有那个婴儿——此刻，备受惊吓的他在哭。

"不许哭！"

汪小白突然从兜里掏出一个物什，向婴儿扬了一下。

172

"再哭我就弄死你。"那其实就只是一支打开的异形荧光笔，看起来像某种高科技凶器。汪小白相信，以艾家众男人的见识，不会认出它的真实身份。事实也正是如此。艾家的男人们看到汪小白掏出的这个物什，吓得各自后退。他们果然是胆小、懦弱的小人物啊。汪小白难以想象这就是给艾贷贷的生命制造了死结的人，居然是这么一群废物般的男人，控制了艾贷贷的人生，太可笑了。汪小白突然感到悲愤起来，他狂笑起来，笑得满眼是泪。

"哈哈哈！对！后退！你们这些杂碎，你们要是真靠近我，我就弄死你们，你们全部。好！你们就在那儿待好，待住不动，好生看着老子怎么教训这个女人，我的女人。"

他们今天的剧情里有这样的设置：艾贷贷与"毕战群"是夫妻，没有离婚的夫妻。此前，艾贷贷因为有了外遇躲避"毕战群"。她的罪过不止于此，她还偷偷卖掉了他们夫妻共有的房产，要与情夫私奔。

"我告诉你。房子既然你已经交易了，那也行。但是，卖房的钱，你得一分不少地交给我。少一分，我剁你一根手指头。少两分，我剁你两根。你想让我把你的手指头、脚趾一根不剩地剁掉吗？你要想的话，我也无所谓。你个愚蠢的坏女人，买房的钱，是我付的，你个穷光蛋，一分没付过，你现在想弄走？怎么可能？你必须分文不少地交出来。告诉我，钱在哪儿？"

艾贷贷跪到地上，哭喊着求饶起来："你是谁啊？为什么要打我？救我啊。你们这些男人，你们都是谁？你们还是男人吗？是男人就不应该见死不救啊。"

她需要扮演失忆，只能这样反应了。兰兰及时地上前一步，对汪小白说："钱在她卡里。她失去记忆前，把卡交给我了，但是密码没告诉我。"又补充道，"但是，因为房子还没正式过户，买家又是贷款的，现在她拿到的只是买家的首付款。"

汪小白、艾贷贷、兰兰同时注意到，当汪小白说到房子时，艾家的男人们脸上是吃惊的表情，而当说到要艾贷贷取出钱交给汪小白时，艾树民不安了起来。只见他思忖了片刻后，鼓足勇气向这边靠了过来，小心翼翼地说：

"兰兰，卡在你那儿？把它给我吧。这是代子的钱。"

"你女儿的钱？"汪小白咆哮起来，把手上的物什向艾树民一挥，"你耳朵聋了吗？我刚才不是跟你们说过了吗？这是我的钱，当初买那房子，每一分钱都是我出的，现在她卖了房，这钱归我，每一分都归我。"

艾树民吓得回到刚才他蹲的地方去了，但他还是不死心，向艾家其他男人投去求助的目光。"宝贵，你们怎么不吭声啊，快说啊，这是代子的钱，不能给他拿走。快跟兰兰把卡要过来。"

受到鼓动的艾宝贵，一副泼皮样。"我来说一句。这个钱是代子的。代子姓艾，除了我们艾家的人，谁也不许拿走。"

汪小白毫不犹豫地挥起手掌，给了艾宝贵一记耳光。"这儿有你插嘴的份儿？你不闭嘴，我弄死你！你知道我什么来头吗？你还想不想离开这地方？你要是不想的话，就试试，我叫你死无全尸。"

兰兰小声向艾宝贵道："宝贵哥，你可别激怒人家了。这是人家的地盘。他可是三教九流都认识个遍的。你要真的是不想活了，就得罪他吧。"

艾宝贵果然被吓住了。显然，刚才艾树民那句鼓动，令他重燃了以新的形式参与分割艾贷贷卖房款的希望，现在兰兰这一番话，让他立即打退堂鼓了。他虽然爱钱，但毕竟来这儿是受了艾树民的蛊惑，只是前来玩一玩的，先前心里并没有设置搞钱的计划。

"好好好！我不管了。我服了你们了。我走！我走！"

艾宝贵索性摔门而去了。

现在汪小白开始向兰兰咋呼了。"卡呢？给我！"

兰兰畏惧地看着汪小白，道："对不起！卡我没带在身上。"

"没带在身上？你耍我吗？你在耍什么阴谋诡计？你跟我老婆一样，不是个老实女人，你一定是耍我吧？缓兵之策？"

"真不是！"兰兰显得十分真心诚意地解释道，"姐夫，你就想想，谁会把存了那么一大笔钱的银行卡随身揣着呢？何况，这不是我的钱，是别人交代我保管的钱，我要负责的，怎么可能揣在身上呢？"

"说得倒在理。那好，它在哪儿你就带我去哪儿取。"

汪小白说着率先起身。艾贷贷和兰兰赶紧跟着往门口走去。艾树民见状喊了起来。

"你们不许走！"

一直没敢开腔的艾定春和艾树富也跟着喊了起来："你们不能就这么走了。话还没讲清楚呢。"

"什么话?"汪小白回过身来,想起了什么似的,对艾树民说,"也是,怎么说,你们也是我老婆的亲人,我也不能一点儿对你们不讲情面。这么着吧,我现在就给你们转一万块钱,你们赶紧给我滚蛋。"

艾树民、艾树富、艾定春三人显然被一万块钱诱惑到了,但那笔卖房款的诱惑却依然在心里没有消散,所以他们显得颇为犹豫。

"怎么?不想要?那好!我也不欠你们的。你们不要,我还不想给呢。我是可怜你们,才主动提出给你们一万块钱的。"

"要!要!"艾树富主动充当发言代表,大声道,"不过,能多点儿吗?我们三个人,不,加上宝贵和他的孩子,五个人。一万块,一人才两千。"

"谁说要给你们分了?这一万块钱我是只给我老丈人的。"汪小白开始逗他们。汪小白看到,在自己这句话说完之后,艾树民欣喜了一下。汪小白收回观察艾树民的余光,装模作样地琢磨了起来。"不过,你既然这么说了……我再多给你们打点吧。这样,一万是给我老丈人的。另外,我再打三千,一人一千,孩子没有,这么小的孩子,也得算份额?想得倒美。"

"能一人两千吗?"艾树民开始替艾树富他们做最后的争取。

"不可能,你再废话,连一千都没有。你的一万,我也取消。"

"那好那好!我一万,另外三千,他们分。"艾树民赶紧道。

"好!你们跟我一起下去。我取给你们。"

汪小白说着就领着艾贷贷、兰兰先行出门了。艾树民跟了出来。在下电梯和从小区院子向门外的银行行走的过程中，汪小白看到艾树民始终在看艾贷贷。显然，他在琢磨艾贷贷到底是真的失忆了还是装的。中间，汪小白装作不耐烦的样子，说道：

　　"你的好女儿，傻成这样了，还得麻烦我带回家养着。我真是倒了大霉。"

　　"她真的傻了？真的傻了吗？"

　　"你要觉得她没傻，你把她带回老家，我求之不得。"

　　"不不不！我不拆散你们夫妻。我就是想知道她是不是真的傻了。"

　　"我也不想她傻，但医院的诊断书说她脑子里面有什么器官坏掉了，记不得以前任何事了。"

　　"这样啊！真的傻了啊！"

　　艾树民真心实意地难过起来。他当然是在难过自己以后无法剥削艾贷贷了。

　　"诊断书正好在我身上揣着的。"

　　兰兰适时取出了事前伪造好的诊断书。艾树民接过去，胡乱地看了看。那么复杂的诊断书，他当然看不懂。只看了几眼，他就交还给兰兰。现在，他脸上的悲哀和绝望是显而易见的，悲哀于他再也没有一个忠实的被剥削对象了，绝望于未来无法剥削艾贷贷的生活。汪小白瞥见他脸上的悲哀和绝望，顿生怜悯。旋即，他意识到这怜悯跟他当下扮演的角色有抵触，便赶紧将其从身体里驱逐。

在银行取款时，艾树民蹲在外面，抽起了烟。那种悲哀和绝望的气息现在被强化了，这使他看上去极像一棵等待风化的枯树。汪小白压制着心里的悲悯，庆幸地想：他悲哀，他绝望，证明他已经确信艾贷贷失忆了，对此坚信不疑了。

到底还是被悲悯控制了。汪小白离开柜员机的时候，手里的钱比说好的一万三千块多了整整两千。如果余额再多点，他一定不会只多给两千。汪小白卡里的余额总共不到三万。汪小白把钱交给艾树民。

"算了！多给你两千吧。对了！你们哪天走？"

"走？"艾树民没有想到汪小白会问这个问题，"还没想好哪天走。"

"房子是我老婆替你们租的。现在她脑子坏掉了，到时候给房东交房的时候，我代她来办。这就是我问你们哪天走的原因。"

"那我们走的前一天告诉你吧。"

汪小白头也不回地将艾贷贷和兰兰拉上车走了。

如果眼下的这个地方，人人都摆明了是演戏，以汪小白刚才的体验，那就挺好玩的。可惜生活不是这样。现实的生活里，任何一场戏都不会被事先申明。所以，在生活中演戏远比真正的演戏要困难。这大概就是表演才能如此高强的汪小白在生活中反而表演功力尽失的原因。其实，大家都深藏不露，远比他汪小白的演技要过硬。在这个人人都爱表演的时代，汪小白是一个空有一身演技，但常常因为自身性格的原因而演技受限的人。

艾贷贷在汪小白怀里沉睡着。对一个失眠症患者来说，这样的沉睡太珍贵了。汪小白不敢动，怕自己稍微一动，就惊醒了艾贷贷。他就这样静静地躺在床上，看着怀里的艾贷贷。他在揣测她此刻在做什么样的梦。梦里的场景，一定很静谧、美好吧。他记得，以前她总是被噩梦惊醒，而后在黑暗的房间里，心有余悸地向他讲述刚刚从她脑中消逝的那些恐怖画面。如今这些都要翻篇了。她不再会被噩梦困扰，不再会整夜整日地失眠，接下来她的生活将只有美好的梦和充足的睡眠。汪小白为艾贷贷的未来高兴起来。他忍不住小心地移出一只垫在她身下的手，去抚摸她的脸。艾贷贷在汪小白轻柔的抚摸中醒了过来。

"我睡了多久？"艾贷贷懒懒地问。

"昨晚回来的时候才八点。一到家，你就睡了。一直睡到现在。"

"那现在是什么时候？天亮了吗？"

汪小白坐起来，跳下床，拉开不透光的窗帘。炽白的光亮猛地涌入房间。

"都中午啦！"汪小白回到床上，调皮地抱住艾贷贷，"你足足睡了十五个小时。"

"十五个小时？"艾贷贷吃惊非小，"我都不记得，以前我有哪天是睡过那么久的，我真的睡了十五个小时吗？"

"都怪我，动了一下，把你给惊醒了。要不是这样，你还得继续睡下去。"

艾贷贷忽然想起了什么，飞快地起床，去衣橱里找衣服。

衣橱里只有汪小白一个人的衣服。艾贷贷打开衣柜后突然停了下来。汪小白有些黯然地看着站在敞开的衣橱前的背影。

"贷贷，要不今天下午，我们就把你的东西搬回来吧。"汪小白喃喃道，"最近这些天来，房子里没有你，我也挺不习惯的。"

一切都已经清楚了，接下来他们没有理由不复婚了。艾贷贷显然对此没有异议。她点点头，转过身来，定定地看着汪小白。

"小白，我肯定想马上搬回来，但是今天，恐怕不行。"

"为什么？"

"你忘了吗？今天下午，我爸他们要走。我想……我觉得……我应该去送行……"

"我当然记得你爸他们今天要走啊。可是昨晚我们不是说好了吗？兰兰送他们去车站，你不去。是你自己提出来，说不去的。再说了，你不是已经失忆了吗？你去送他们那是个什么意思？谁会去送一个不相干的人，你去送，就证明你认为你跟他们有关系——那不是你自己在用实际行动拆穿失忆的谎言吗？"

"我可以不出现在他们面前。就隔着很远，看他们进站，就行了。"看来艾贷贷早就在心里盘算好怎么送行又不被他们发现了。"小白，我只是觉得，他们其实也是挺可怜的。以后，这辈子，我估计再也不会见到他们了吧，连听到他们的声音都不会，不会让自己得到任何与他们有关的信息……大概，他们死了，我

180

也不会知道……我爷爷明年就八十岁了……"

汪小白顿然理解了艾贷贷此刻的心理。现在，她终于可以斩断与艾家的关联了。就在今天，艾树民他们上火车之后，她就彻底与艾家斩断关系了。此后，他们成为两个世界里的人，彼此活着，但在对方的心里都已经死了。一个突然被一根线索纠缠了生命此前全部过程的人，突然又失去了这条线索，庆幸的同时，也会感到恐慌吧？

汪小白深知，艾贷贷需要某种仪式，来完成新旧生命的交接。这就是她必须送行的原因。

"那好！我们赶紧出发吧。他们的火车是十二点多，估计兰兰已经带他们到候车室了。现在我们赶过去，还来得及。"

几分钟后，汪小白和艾贷贷正要出门，艾贷贷的手机响了，是兰兰打过来的。兰兰的声音是惊惧而失落的。

"他们不走了。他们知道你的失忆是装的了。"

4

又是在艾贷贷为艾家男人们租的那套房子里。几个小时前，在自己的房子里，汪小白看着在他怀里沉睡的艾贷贷还在琢磨，是等租约到期了把房子退掉还是这两天就把它退掉呢。现在看来，这房子一时半会儿不能退了。看他们这兴师问罪的阵势，他们暂时不可能离开了。

房间里的人，跟昨天汪小白倾情出演辱妻男的时候一模一样，只不过，另有一个人频繁出现在艾树民的嘴里，这个人就是赫炜。艾树民是怎么知道赫炜的呢？当然是从艾宝贵口中得知的。

前因后果不复杂：就在今天上午，在他们去火车站的途中，艾宝贵觉得不对劲，中途从出租车上下来，偷偷约见了赫炜。他迅速把昨天在出租屋里发生的事情原原本本向赫炜复述了一遍，赫炜分析过后，二人一致认定，昨天汪小白、艾贷贷和兰兰在演戏。艾贷贷他们精心设计的谎言就这么破了。

现在，艾定春，对！是艾定春，他一副得理不饶人的气势，正在训斥艾贷贷。昨天大概是因为意识到危险，他几乎没有吭过一声，今天自感真理在手的他，把这个房子变成自己施展中国式大家长权威的主场了。现在他恨不得手里有一把戒尺，像古时候那些高墙深院里一言九鼎的严厉家长那样，一边抽打艾贷贷，一边教训这个不孝的孙女。抽一下，教训一句。

更过分的是，汪小白、艾贷贷、兰兰三个人被他们用一根绳子绑着。此刻，三个人背靠背无助地坐在冰冷的地上。

相比于汪小白，他们的力气是很大的。只要他们敢于把身体里的劲儿全部使用来，艾宝贵一个人就可以制服汪小白他们三个。就在刚才，汪小白他们刚刚进屋的时候，艾宝贵他们心理上毫无压力，使出了全部的劲儿，花了几分钟的时间，就制服了汪小白他们，将他们绑了个结结实实。

再往前推个把小时，是汪小白和艾贷贷接完电话后赶往火车站。在那儿，兰兰正被已获得真相的艾宝贵他们围攻，他们骂着兰兰，推搡着兰兰，跟兰兰理论着，他们的吵闹引来值班的警察前来劝他们，但怎么劝都无法平息他们的愤怒。在警察的建议下，汪小白将他们从候车室带离。出了火车站，他们直接在站前广场上要对汪小白动粗，没办法，只好把他们带到一个私密的空间好好沟通，唯一适合的空间就是这个出租房了。

"你个不肖子孙！"

艾定春嗓门儿嘹亮，用语带有古意，发音略带戏曲腔调，精神抖擞地吐字。如果他能一辈子做地主家的少爷，活到眼下这个岁数，在平素的生活里，他应该就是现在这副模样吧。这是他理想中的自我形象。他在用一种过时的演技来应对眼前发生的事。

"你大逆不道，瞒天过海，你可知罪？"

连艾树民和艾宝贵也看不下去艾定春的拿腔拿调，二人同时过来拉艾定春。

"爷爷，你进去休息吧。用不着你，我们来审她。"艾宝贵说。

"对！你进去吧。"艾树民说，"你这么审，审到天亮也没用。关键是，她有钱，不能眼睁睁看着她不管我欠的债。"

艾定春不情愿地被艾树富拉进里面一个房间了。现在外面艾家的男人只剩下了艾树民和艾宝贵两个骨干。汪小白看到始终低头不语的艾贷贷似乎深深地叹了口气，他忧心忡忡地凝视着她。

"贷贷，不要理他们。"汪小白安慰道。

艾贷贷今天打出现在艾家的男人面前之后，就始终没有说过一句话。这让艾家的男人们心里悬着一个疑惑。被拆穿了的她，现在是在继续扮演失忆患者呢，还是已经接受被拆穿的事实，不再表演了——眼下的沉默，仅仅是一个正常人的沉默而已？汪小白和兰兰自然是没有这个疑惑的。他们二人确信，艾贷贷仅仅是处于一种悲哀的状态，只能无语，无语。

"对！代子，我们用不着理他们。"兰兰说，"就算是先前装失忆骗他们又怎样？他们对你所做的一切，村子里谁家不知道？最近这些年，你回报过他们，回报得早就超过你应该回报的了。他们还不知足，这是他们的问题，不是你的问题。你不想给你爸还债，就不还，反正卡在我手上。我不会给他的。就算他抢走也没用，他不知道密码。"

兰兰的话让艾树民和艾宝贵气得七窍生烟，一时间，二人把矛头对准了兰兰。

"兰兰！我还没说你呢，我们艾家的事情，你个外人，掺和什么劲？"艾树民怒道，"你再掺和，再挑拨离间，别怪我对你不客气。"

艾宝贵语气冰冷地接艾树民的话茬儿："哼！平白无故会帮腔吗？会跑那么远的路过来替代子帮腔？兰兰！你收了代子什么好处？"又把脸转向艾贷贷，"代子！你肯定跟兰兰合计好了，她帮你把我们轰走，你要给她好处对吧？你可真够可以的，为了整自己家里的人，给一个外人好处，你这也叫吃里爬外吧！"

艾贷贷不说话，仿佛已经失去了听力。

"你说话啊！"艾宝贵生气了，"你到底为什么要骗我们？你个从小骗到大的。小时候，还骗大家说，我那什么你，毁坏我的

184

名誉，搞得我在全村人面前抬不起头来。"他把脸转向艾树民，"今天我终于沉冤昭雪了是不是？你女儿就是个说谎精。"

艾树民不耐烦地瞥了艾宝贵一眼，"行了行了！扯这些没用的干啥？赶紧问兰兰卡在哪儿。"

"对！卡在哪儿？"艾宝贵问。

"卡不在我身上。你把我们先解开，我带你们过去拿卡。"

"万一解开了你们逃了怎么办？"

"那你不解开也拿不着卡啊。"

兰兰的辩驳指出了他们捆绑他们三个的行为实在太过无厘头这一事实。艾树民和艾宝贵对视了一眼，同时摇了摇头。他们不会将绳子松开的，那样他们没有安全感。他们把艾贷贷他们三个人绑起来，更多是由于他们眼下内心极度缺乏安全感。

"这样好了，你告诉我卡在哪儿，我去取。"艾宝贵出了个不可谓不搞笑的主意。

兰兰轻蔑地看了看艾宝贵，决定不再说话了。就在这时，汪小白听到艾贷贷失声狂笑起来。

"哈哈哈！哈哈哈！"

这突如其来的狂笑，惊呆了众人。大家都将目光集中到艾贷贷那儿。就见她笑得前仰后合，笑得脸庞红涨，笑得眼泪流下来。笑着笑着，她呜咽起来。

"她怎么了？"

艾宝贵问艾树民。艾树民同样表现出十分迷惑的样子。艾宝贵就把写了问号的脸转向汪小白。汪小白急中生智。

"她疯了！真的疯了！"

"什么？"艾树民问。

"她这回一定是真的疯了。"汪小白以一种确凿无疑的语气对艾树民说。

他当然是在胡说八道，为的是暂时蒙住艾家的男人们。

"贷贷！你别哭了，冷静！冷静！"汪小白一边向背后的艾贷贷发出劝慰的声音，一边用藏在身后的手掐艾贷贷，以暗示她及时配合。

艾贷贷显然懂得汪小白的暗示，开始表现出更为极致疯癫状态。只见她开始费力地扭动起来。

"放开我！放开我！"她大声呵斥着，"你们这些流氓！恶棍！想把我绑起来卖到东南亚。你们不会得逞的。"

汪小白惊喜地听着艾贷贷的声音，身后的手又捅了艾贷贷一下。

"你捅我干什么？你在我背后捅我干什么？"艾贷贷咆哮起来，并开始用她的后脑勺撞击汪小白的后脑勺，"你这个恶棍！流氓！下三烂！你竟然在背后捅我，你这个背后给人下刀子的人，你会得到应有的惩罚……"

这是什么跟什么啊？汪小白吃惊地听着艾贷贷毫无逻辑的发泄，突然心里一凛：艾贷贷本来就精神状况堪忧，尤其最近。莫不是，今天这个打击对她来说过大，她真的精神失常了？

"贷贷！你没事儿吧？"汪小白在艾贷贷的身后大声询问，"我是小白啊，你怎么骂我呢？"

"谁是小白？我才是小白！我会唱张信哲的《白月光》，你要听我唱吗？"艾贷贷毫无过渡地，开始哼起歌来，"白月光，心里某个地方，那么亮，却那么冰凉。每个人，都有一段悲伤……"唱到"悲伤"二字，她突然唱不下去了。就这样，歌声戛然而止。片刻过后，艾贷贷号啕大哭起来。

天哪！她真的精神失常了？紧张和不安一时间充斥了汪小白的身体，他暴躁起来。"你们快把她松开，把我们松开，她真的精神失常了，得赶紧把她送医院。病情刚刚发作的时候，容易抢救回来，拖久了，就完蛋了。快给我们松绑。"

艾树民有些迟疑。"得了吧？真疯了？之前你们还说她真傻了呢。"

"对！她从小装疯卖傻骗人惯了，怎么可能真的疯了。艾代子，你可别装了，没必要。"

艾贷贷的疯癫状态却在持续，现在她停止了哭泣，开始数落在场者根本不知道的什么人，数落完，她又开始絮絮叨叨地说她几天前在一条街上摔过一跤，又说某某街上新开的一家火锅店特别辣，辣得简直是想造反，总之，乱七八糟的，全是些令人瞠目结舌的痴语疯言。

汪小白现在确信，艾贷贷真的精神失常了。他开始穷尽词汇地向艾树民、艾宝贵以及从里面跑出来的艾定春和艾树富解释起来：

"你们知道吗？好几年来，她的精神状态都不好，每况愈下，开始是睡不着觉，无缘无故和莫名其妙地经常冲人发火，特别地具有攻击性，后来发展到有自杀倾向。我认识她的那天，她就是准备自杀的。她这样的人，经不起大的打击。你们今天对她的打击太大了，她就崩了。你们千万要相信我，她真的精神失常了。"

艾家的男人们集体表现出沉默。艾定春使了个眼色，他们一起进了里屋。外面的汪小白听到他们在里面小声商量着什么。在此期间，为了进一步确认艾贷贷是否真的精神失常了，汪小白小声提问：

"贷贷！你是演的，还是……你说啊！"

艾贷贷根本听不到他的话，只一意地沉浸在她的絮叨中。汪小白彻底被她的失常击溃了，他大声喊了起来。

"还在里面商量什么啊？我汪小白以人格担保，她是真的精神失常了。赶紧把她松开啊，赶紧把我们松开啊，这会儿把她送医院也许她还能恢复过来，要是送医院晚了，以后永远精神失常，谁还来给你们寄钱？谁还来替你艾树民还债？"

最后的话起了绝对的效果。艾家的男人们鱼贯涌出里屋，迅速开始解绳子。

绳子最终解开的一刹那，艾贷贷迅猛地跳起来，一脚踹到艾宝贵脸上。还没等大家反应过来，她已经跑进厨房。接下来大家看到的是举着一把菜刀向艾家男人们扑来的艾贷贷。

"我疯了吗？你觉得我是疯了还是没疯？"艾贷贷扬着手里的刀。刀刃与艾树民的脸不到十厘米。"你说，你认为我是疯了，还是没疯？"

眼下谁有能力判断艾贷贷此刻真疯还是假疯，谁就是天才。

艾树民那么愚蠢，当然没有这个判断力。

"你疯了吗？还是没疯？"艾树民紧张地、声音虚弱地问艾贷贷。

"我说我疯了，你信吗？"艾贷贷问。

"信……不不不！不信！"

"我说我没疯，你信吗？"艾贷贷又问。

"信……不不不！不信啊！"

艾贷贷将菜刀用力地掼到地上。瓷砖地面上被凿出了一大块缺口。艾贷贷在众人惊恐的目光中快步向外走去。

"我没有疯！我不可能疯！"

艾贷贷的身影在门口消失了。就连汪小白和兰兰，在这样的时候，也无法判断艾贷贷到底是真的疯了还是假疯。一个真正的疯子，谁会承认自己是疯子呢？这个哲学问题现在正好可以用在艾贷贷身上。汪小白和兰兰不约而同地从地上蹿起来，向门外奔去。如果艾贷贷真的疯了，他绝不能离开她半步，这是汪小白奔出去时的唯一想法。

屋子里突然静了下来。艾家的男人们哪个人都没有头绪，就都愣在那儿，不知道接下来该干什么。是出去追赶艾贷贷他们，还是怎样？

过了一会儿，艾宝贵想到了给赫炜打电话。在他眼里，赫炜是无所不能的。

"你觉得她这回是真的疯了，还是装的？"把前因后果回顾完后，艾宝贵问赫炜。

"她本来就有疯掉的迹象。我觉得她有可能真的被你们折腾疯了。"电话里的赫炜非常失望，"算了算了！你这个蠢东西，成事不足，败事有余。我也不打算跟你搞这些名堂了。我想来想去，也觉得去搞走她一套房款没有必要。我赫炜还没有沦落到那种地步。我一定会凭实力东山再起的。"

艾宝贵听不太懂赫炜后面的那番话是在说什么。但有一点他很明确，赫炜已经放弃弄走艾贷贷那套房款的打算了，也就是说，他不会跟艾宝贵合作了。这不是一个伪富豪的良心发现，而是说明，一个常年以富豪面目出现的人，多少还是感染了富豪们的自信。现在，赫炜，这个以扮演富豪为职业的人，由内在的自信为他做主，放弃搞艾贷贷了。

第十六章

1

艾贷贷这回到底是真的疯了，还是情势所迫装疯卖傻呢？说实话，汪小白对此真的是迷惑的。他也不愿深想了。出于对脑血管痉挛症的恐惧，他也不敢去深入想下去。来中国这七年，汪小白所遭遇的各种被骗，比他在泰国那么多年的总和都要多几倍。什么是真的，什么又是假的呢？这个问题，时常让现在的汪小白找不到答案。最后，他就不想寻找答案了。

汪小白还记得，十九岁到中国的第一天，就被一个街头青年给骗了。当时，他到达这个城市，刚下出租车，准备去录取他的那所西南地区的著名大学报到。离大学校门不远处，路边坐着一个青年，身边搁着一个旅行包，他面前的地面上用粉笔写着一行字：钱包丢了，没钱回家了，肚子好饿。路上的人对此视而不见，匆匆走过。当时汪小白就觉得很奇怪：这个国家的人怎么这

191

么冷漠啊？汪小白几乎是带着愤懑和做示范的心理，用非常夸张的方式往粉笔字旁边的贮钱罐投了十美金，投完钱之后，还大声向经过的人们喊了嗓："各位！帮他个忙！"行人脸上挂着诡谲的笑，从他身边绕行过去。当然，要不了多久，汪小白就弄懂了当时人们脸上的笑容所包含的全部含义，到那时，他会觉得那天的自己像是一个十足的傻帽儿。

七年里，汪小白见识过多数是这个国家特有、个别在这个国家相对常见的各种各样的骗术：

比如不久前的一次，他打出租车。下车时，他发现身上没有零钱，就给了司机一百块人民币。司机接过钱后说没有零钱找，希望他直接给零钱，或用支付宝或微信支付。汪小白就从司机手里接回那一百块钱，用支付宝付完账下车。几天后，他在一家商场付款拿出这一百块钱，验钞机验了一遍又一遍，都提示这是一张有问题的钞票。这个时候汪小白经过一番回顾，才意识到当时司机还钱给他时，把钱调包了。

类似的调包还发生过几次。一次是在一家水果店里。同样地，他拿出一张百元大钞，店主说没零钱找，等他接回钱的时候，已经被换成假钞了。还有一次是在一个小城市，那次更惨。他花五百块钱租用了一辆老百姓的电瓶车，等他骑着车在小城逛了一天后交还了电瓶车，租车者退还给他的押金是五张百元面值的假钞，五张，全是假钞。

这种很容易收到假钞的情况在许多国家不会发生，在那儿，如果有人收到假钞报警，给出假钞的人就涉嫌犯罪。违法成本太高，所以凡人不敢轻易尝试。

还有药。在泰国，制造、贩卖假药，查到了会被重判，所以在那里制造、贩卖假药的事几乎是绝迹的。但在中国不一样，虽然制造、贩卖假药也犯法，但由于某些原因，事实上，假药几乎就在人们的日常生活中，隔一段时间就有一个假药事件上热搜，汪小白记得最清楚的两次是：一次，明明几块钱成本的药，多年来一直以高达二十多万的价格销售，另一次，他大学同学的一个表弟，因为打了假的狂犬病疫苗病情发作暴毙。

汪小白还记得那次自己是怎么被入户行骗的。那是两年前，他大学毕业一年时，刚换了租住的地方。周末，他正在赖床，门铃响了。开门后他看到一个穿了一套蓝色工装服的中年男子，手上拎着一个很正式的大型工具箱。"您好！您昨天买了一套沙发对吗？"汪小白看看客厅里昨天下午驾到的新客——那套沙发，回应该男子说："对！我是刚买了一套沙发。"那男子毕恭毕敬地站在门外，谦和而礼貌地向汪小白自报家门：他是某地板品牌的员工，他们品牌与那沙发的品牌上有一个合作，即，买那品牌的沙发就可以享受地板保养油的五折优惠。五折？汪小白走进里面的房间，看起来地面确实有些旧，如果保养一下，应该可以让房间增辉不少。但是汪小白是个嫌麻烦的人，何况这是租的房子，如果要保养地板，慎重一点的话，他得去跟房东知会一下，万一房东不愿意呢？是有这样的房东的。于是汪小白回到门口，向该男子表示谢意后，婉拒了他的好意。那男子依然毕恭毕敬地站在那儿，对汪小白说："先生，您放弃这次可以获得我们五折优惠产品的机会，确实可惜，但我尊重您的选择，但我们公司有个规定，如果不能证明我去过客户家，就会被认为我没有去过，您能否帮我证明我来过你家？"汪小白说："我怎么帮你证明呢？"那男子说："就很简单，我帮你的一个房间地面保养一下，然后拍张照片回去，当然，保养用油、我的人工，全部免费。"汪小白一听这似乎不错，就答应了那男子。接下来，该男子手脚麻利、动作专业地帮汪小白书房里的地板做了一次全面的保养。"你觉得做完保养和没做保养的地板，有什么区别吗？"那男子问。汪小白看到，做完保养的地板，确实比先前漂亮太多了。他把自己的真实感受说了出来。那男子便说："我建议你享受一次我们的产品，机会实在难得。这个五折活动也只是这个月才推出的。"汪小白这时已经心动了，但还是犹豫，主要是因为他怕麻烦。那男子就开始收拾东西往外走。"你不想享受这个优惠当然是没关系的，我先告辞。如果我走了以后你改主意了，可以给我打电话。反正优惠活动是一个月的，现在才月中。"说完，该男子丢下名片就出门了。汪小白这个时候突然被他的诚意、专业和素养打动了。"你回来！我买。"就这样，接下来，汪小白在该男子的说服下，买了可用一年的保养油。另一个周末，汪小白全面地给所有房间做了一次地板保养。几天后，汪小白发觉，这几天来因保养而显得漂亮的地板恢复了原来旧旧的样子。又过了几天，汪小白发现地板被全面地腐蚀了。

后来汪小白与别人说起这事，他们中也有人遇到过这种事，只不过没有像他那么惨。通常对方给的油是无害的，最多并不能真正起到任何保养作用而已。像汪小白这种情况，也是少见。可见，对方用了质量多么差的骗人道具。汪小白当时花了三千多块。可对方这次骗人的成本，应该就一两百块吧。而汪小白受骗的成本就不止三千多块了。他还要赔房东的地板，人家可是进口橡木的高档地板。汪小白加起来赔了三万多。并且，由于汪小白所犯的这个错误，房东依合约将他驱逐了。

这算是有惊无险。类似的受骗，有惊有险的也有。

那天，他同样是在街上走。一对可怜的农村老夫妇拦住了他，声称他们中一位是老年痴呆，而另一位不识字，他们回不了家了，他们已经三天没吃饭了，能不能行行好，给他们一点饭钱。汪小白想起了三年前初来乍到的那天发生的事，似乎和眼前的事情很像。所不同的是，现在他面对的是两个老者。汪小白当时想，即便他们是骗钱，也认了吧，在人家需要的时候给这两位老者一点儿钱，这点善意不该没有。汪小白就掏了一百块钱给他们。两位老者连连摆手，说一百块太多了，他们就想吃个馒头那么简单，一顿饭要不了那么多钱。但是汪小白那天兜里没有零钞。用支付宝或微信吧，这两名老者显得不会这玩意儿。怎么办呢？对方有主意。"要不这样，我记得前面有家包子店，你带我们过去，买完包子，找回的钱你拿走，怎样？"汪小白这个时候完全没有料到只要答应了，就等于接受了危险。他带着老人们往他们说的那家包子店走。走了一段大马路，他们往一条巷子里拐。忽然汪小白感到一种莫名的恐惧。这是第六感。就是它，救了汪小白。汪小白停了下来，说："我还是把一百块给你们，你们不要不好意思。我还有点事，不能陪你们了。"汪小白话音未落，巷子旁边一家小型超市里突然蹿出三名精壮男子，向他扑来。而那两名老人，像变了个人似的，敏捷地跑进了小超市。汪小白快速反应，反身就跑。幸亏他在学校里是长跑运动员，躲过了一难。

那三个精壮大汉抓他去做什么呢？这对汪小白来说是一个永远的谜。如果他是一个年轻女孩，这就很好解释。很多女孩就是这么失踪的，过了一些时日，她们中的某些人，会被人意外地在一个山区发现，这时，她们已经成了某个山村光棍的老婆。汪小白被抓起来有什么用呢？后来他听说了一些传销的故事，觉得有可能是抓他去某地搞传销。但也不一定。某一次，汪小白在手机推送的消息上，看到一篇文章。这篇文章告诉他，那天，他差点成为某个人体器官买卖团伙的猎物。是这样的吗？谁知道呢。反正，那天他差点被劫持，这是千真万确的。

这七年来，汪小白被人蒙骗的经历，实在是不胜枚举。以至于，后来，他都不再好意思把被骗的经历跟别人讲。一讲，大家就说他情商低。像他这样低情商的人，整个样子就是一则"请来骗我"的告示，骗子不骗他才怪。

狄更斯的《双城记》里有一句话：这是一个最好的时代，也是一个最坏的时代。把狄更斯这句话用到汪小白这七年来的生活经验上，可以变成这样一段话：这是一个最容易上当受骗的时代，也是一个最不容易上当受骗的时代，会不会上当受骗，全看你个人道行高低。

个人最重要的道行，在汪小白看来，就是情商吧。在眼下的中国，它似乎成为人们能正常生存的标配了。而这个国家的所有人，似乎在汪小白眼里，都拥有所谓的高情商。就这样，低情商的汪小白，在事业上所受的挫折，更加醒目。

毋庸置疑，汪小白来中国生活，一个极为重要的原因，是他要摆脱对他精神暴力上瘾的爸爸汪蓟钊，要摆脱汪蓟钊的精神暴力，最彻底的办法，就是去到一个与他远隔千山万水的国家，而中国，是汪小白的唯一选项。为什么是唯一选项？其一，汪小白小时候随汪蓟钊来中国旅行过两次，他觉得自己太喜欢这个国家了，这个国家遍地的美食，让汪小白感到一种在曼谷享受不到的愉悦。其二，虽然他是在曼谷长大的，但他小时候就知道爸爸是从中国来的，他自己的根是在中国，多年来，他对它好奇不已，时刻感受到它的吸引，而那两次旅行的美好体验让他内心的归属感萌发。他觉得，他的根在这里，就一定要到这儿来生活。在中国生活，是他的一种使命和必然。其三，汪蓟钊的生意王国遍布世界各地，但唯独没有中国，一年时间里，他可能会去世界上任何一个国家，但一般没有事情到中国来。

汪小白因为无法迅速将情商提高到国人的平均值，致使三年里所遇到的笑话一天一夜都讲不完。这些没有必要一一回顾了。汪小白也没有这个回顾的兴趣。总之，七年后的今天，他已经二十六岁了，但二十五岁前凭个人实力在中国开一家泰餐馆的梦想依然遥不可及。不能不说，这失败跟他低于中国人平均值的情商有关。

好几次，特别是最近以来被艾贷贷的事情搞得脑血管痉挛症就要发作时，汪小白萌生了回到曼谷的念头。这似乎是一个处处充斥着迷惑性的地方，他不适合在如此复杂的社会里生存，他应该回到他从小熟悉的环境里去。可是，这个想法出现之后，就被汪小白自行在心里杀灭了。重新回到汪蓟钊的控制中去吗？再说了，一个男人，受点挫折就逃？那还是男人吗？还有，环境复杂，但毕竟还没到险恶，那么多外籍人士在中国工作、学习、生活，他们都能适应，汪小白为什么就不能适应？

　　汪小白愈挫愈勇。他要在这个国家待下去，永远待下去。他对自己说。

　　不过，有一点得承认，这七年里，汪小白所遭遇的各种挫折，让他对自己认知社会和他人的能力严重缺乏自信，一天比一天缺乏自信。尤其是最近这些时日，探寻艾贷贷秘密过程中他所感知的一次又一次的讶异，更令他对自己的认知缺乏自信。

2

　　现在，陪护艾贷贷的汪小白从思绪中回到现实。兰兰出去帮艾贷贷买日用品去了。沙发的一角，艾贷贷正在沉睡。汪小白别过头去看她。现在睡着的，到底是一个思维正常的女人呢，还是一个已经思维失常的女人，汪小白心里纠结着这个问题。

　　这是在汪小白的家中。进来前，汪小白看到艾贷贷并没有停止反常表现，跟兰兰建议说，让艾贷贷去医院，但是兰兰说不能去。理由是，艾家的男人们会找过来。他们回过神来，一定会出来找艾贷贷的。而医院，是他们最容易想到的地方。

这在眼下多少学到点中国式精明的汪小白看来，像极了一个借口。这借口的背面，是艾贷贷这回也没有真的疯，而兰兰对此心知肚明。

那么，艾贷贷这回到底是疯了还是没疯呢？汪小白简直找不到答案。

手机响了。汪小白拿起手机一看，是汪蓟钊从曼谷发来的一条微信防诈骗信息。说是，最近几日，出现了一个新型微信诈骗术。骗子可以盗用你的头像、你的账号，伪装成你，向你朋友圈里的人行骗。当然，与之配套的，是你也有可能被某位其实是骗子的"朋友"骗到。汪蓟钊的提醒来得真是及时，仿佛他隔着大洋都能透视到汪小白此刻正被什么事情所困扰似的。真是知子莫若父，尽管，这个名义上是"父"的人，是汪小白在这个世界上最排斥的一个人。

汪小白这个时候特别需要与某个人聊聊天，但这个人绝不是汪蓟钊。七年来，无论遇到什么挫折，无论他多么需要别人为他指点迷津、倾听他倒苦水，他都不会把汪蓟钊列为聊天对象，反而，汪蓟钊才是最需要排除的聊天对象，汪蓟钊知道汪小白的挫折越多，就越有理由游说汪小白回曼谷。

汪蓟钊又给汪小白发了一个微信公众号链接，汪小白没打开，只看到标题：防骗宝典。汪小白正想看一下，兰兰提着一兜东西进来了。

"你没休息一下吗?"兰兰问。

"贷贷这次不会真的精神失常吧?"汪小白担心地看看躺着的艾贷贷,问兰兰。"人的精神在恶性事件突如其来的暴击下,是有可能当即失常的。何况,贷贷是一个如此精神脆弱的人。"

放下东西就开始帮汪小白收拾房间的兰兰动作不停地笑了笑,"你是她老公,你应该比我了解她啊。"

这样回答在汪小白听来有问题:她像是在逃避问题。如果她不是确定了艾贷贷是疯或者不是疯,她为什么逃避问题呢?没有这个必要啊。汪小白心里对艾贷贷的疑惑因兰兰疑似逃避问题的行为而增长了几分。他屏息静气地坐在沙发上,不解地打量着忙乎着的兰兰和沙发另一端的艾贷贷。

兰兰停下来,看了看汪小白,"你这么看着我干吗?我在跟你开玩笑呢。"

"你跟我开玩笑?贷贷现在这个样子,你还有心跟我开玩笑?难道你认定了贷贷眼下是正常的?"

"这个,我真的也说不清楚。"兰兰正式道,"她从离开她爸他们到坐车来这儿,一直没吭一声,我是真的看不出来她是失常了,还是只是说因为遭受了打击,一时间心情特别特别郁闷。现在她又睡着了,更看不出来了。"

"你觉得她现在在听我们说话吗?"汪小白故作轻松,说笑道,"贷贷,如果你听得到我们说话,你就不要装睡了。我们在背后说你坏话呢。"

沉睡中的艾贷贷呼吸均匀,根本看不出任何醒的迹象。如果

200

她是在装睡，只能说，她的表演能力太强了。可是，如果她没有真疯，她又何必装疯呢？艾家的男人们不在眼前，她现在表现真实的自己，并没有任何的危险性，她没有必要装疯啊。这个念头一过，汪小白不再纠结那个艾贷贷是真疯还是假疯的问题了。接下来醒来的她，一定是真实的她，这是毫无疑问的。

汪小白实在是近三年来遭受的骗局太多了，近日被艾贷贷的事情折腾得太晕了，以至于现在有点对真实与假象这种事情过于敏感。可是，事实不总是二元对立的，有很多很多的模糊地带，真实与假象大多时候并不那么明确。汪小白才刚平息心里的疑惑，又因为个念头烦恼了。哎呀！不要再这样东想西想了。

"你们打算复婚吗？"兰兰忽然提出了这样一个问题。

"当然了。明天我就带贷贷去领证。"汪小白毫不犹豫地回答道。

兰兰若有所思地思忖了片刻，说："你有没有想过，有一个一了百了帮代子摆脱她家人的办法？"

"什么办法？"

"我的意思是，经历了他们识破代子曾经装过失忆这件事，就算代子现在真的疯了，他们也不会信她疯了的。他们不信，就会赖在这儿不走。他们不走，对代子怎么都是个灾难。无论她疯还是不疯，都是灾难。她不疯还好，还可以去尽力应对这个灾难。但如果她没疯，不被摆脱不了的他们折腾疯才怪。一想到代子归根结底会疯，我就替代子担心死了。"

"你直说吧，什么办法？"

"你说对了，我不好意思直说。因为这涉及你的意愿。如果这个办法是违背你的意愿的，提出这个办法的人，把这个办法说出来之后，会自责的。"

"你就别再绕弯了。"

"你足够爱代子吗？如果你足够爱她，倒好。为了心爱的女人让自己受点委屈，还是好做到一点。"

"我当然爱贷贷了。不要说为她受点委屈，就是受尽委屈，我也是愿意的。"

"可是，代子前几天跟我讲过你的事情，说，你是绝不会回曼谷生活的。"

汪小白听到这儿，开始揣测兰兰在说什么。他想起了他告诉过艾贷贷的他的一个秘密，在中国，只有艾贷贷知道他这个秘密，难道艾贷贷之前跟她的好闺密分享过他的这个秘密？

汪蓟钊之所以能在曼谷生活，是因为他是美国人。他在汪小白还没出生的时候，就投资移民美国了。汪蓟钊当年获得美国国籍后，就选择了曼谷作为他的第一居住地。原因汪蓟钊没有跟汪小白说过，但汪小白认为，是因为在曼谷汪蓟钊可以在形式上拥有几个老婆。

汪小白很小的时候就被汪蓟钊安排入了美籍，但在中国出生、两岁才离开中国的汪小白的中国户籍并没有注销。跟许多热衷于移民美国的当下中国人不一样，汪小白对美国国籍并不感兴趣。相反，他坚信如果当年汪蓟钊替他入美籍时他已经懂事，他一定会反对。汪小白热爱中国，这个世界上的大多数国家，对他来说，可以成为旅游目的地，但在其中任何一个国家定居，他似乎都没有兴趣。成年后，汪小白瞒着汪蓟钊注销了美国国籍，只保留了中国国籍。也就是说，汪小白虽然在泰国长大，曾经拥有过美国国籍，但他早就回归两岁前的纯粹中国人身份了。

汪小白的这段入美籍、退美籍的经历说起来有点复杂。

汪小白可以利用汪蓟钊的美国国籍，通过亲属移民的方式重新得到美国国籍，再让艾贷贷通过结婚移民的方式，随他移民美国。难道兰兰在暗示汪小白这个？

但这个办法本身过于曲折，耗费时间加起来说不定要十年八年，所以其实并无法解决艾贷贷的近忧。艾贷贷当前的忧患，是远离艾家人。

汪小白便把自己对兰兰的揣测说了出来。果然，兰兰正是这么想的。而远忧、近忧一起解决的办法，是汪小白先带艾贷贷去曼谷定居，因为他的亲生父亲在曼谷嘛，因为这个关系，汪小白和艾贷贷可以办泰国的永久居留权。兰兰接下来又说出了以上意思。

这兰兰想得真是长远而周密。也就是说，汪小白只要遵照兰兰的建议办，艾贷贷的远忧、近忧一起解决。很快，艾贷贷就可以几乎永远不涉足中国。到那时候，艾家的男人们想要接近艾贷贷，比登天还难。

这个建议汪小白若要遵照执行，只须做到一点：投入汪蓟钊严厉的怀抱。这也正是汪小白此生一直在拒斥的一点。兰兰也深知这一点，所以她在提出建议前，要先绕着圈子进行一番申明。

"难到你了吧?"现在,兰兰歉意地说,"我就是在心里想,我不该向你提出这个办法的。因为,知道代子眼下情况的人,若也知道你的情况,就一定都能想到这个办法。所以,你肯定也想到过,代子也想到过。但你们两个都没有自行把这个办法说出来,说明了:一,你不想用这个办法;二,代子知道用这个办法会委屈你,也不想用这个办法。所以,我提出来,真是多此一举。"

"并没有。"汪小白笑了,"为了我心爱的女人,为了她余生过上安宁的生活,我做得到。"

兰兰有点难以置信地看着汪小白。汪小白发觉了这一点,倒觉得她的反应令他有点意外。艾贷贷是他所爱,泰国又是他从小生活的国家,美国他虽然生疏,但太多人都向往那儿,只要他稍稍调整思维,那就不是委屈啊。

"你不怕这是一场骗局吗?"兰兰开起了汪小白的玩笑,"我们都很清楚,像你这样只要想就可以得到美国国籍的人,年轻、帅气,暖男,无任何不良嗜好,很多女孩就算不带移民的目的,也是想嫁给你的。何况,现如今中国人移民成风。你这么好,嫁给你还能移民美国,谁不想嫁给你啊。"

她这说的确是大实话。汪小白身边如过江之鲫来了又走的同事中,很多外教特别受中国女孩喜欢。他们中的许多人,在这儿换女朋友比换衣服快多了。对这种现象讨厌的国人里面流行一个说法,说这些外教是洋垃圾。确实如此。

汪小白要想成为一个"洋垃圾"不要太容易。只要他想玩女人，把自己父亲是美国国籍这件事扩散出去就可以了，但汪小白这一生志不在玩弄女性。

不过，艾贷贷根本不可能有这种诉求啊。她要真是图他唾手可得的美国国籍，是为了移民，早在他们结婚的时候，她应该直奔这个主题啊。事实是怎样的？她跟他离婚了。

"兰兰，你不要说这些话了。谢谢你提醒了我。等贷贷醒过来，就算她不愿意跟我去泰国或美国，我也要强行带走她。至于我自己的那点儿小心思，在贷贷的人生面前，不值一提。我那个爸，我要真想搞定，还搞不定？就算搞不定，就忍受他的控制呗，毕竟是自己的爸，他控制我，多数也还是为了我好。这方面，我把自己的心理调整好，就一点儿问题都没有了。"

艾贷贷这时醒了过来。"你们在说什么？"

她没有疯。汪小白欣喜地想。

第十七章

直到上了飞机，汪小白才例行公事地给汪蓟钊打了个电话。

"我要回曼谷了，刚登机，告知你一下。"

汪蓟钊显然没料到。电话里，他的声音失去了惯常的沉稳。

"是回曼谷几天看看我，还是彻底回来了？"

"当然是回国住几天啊。至于会不会去看你，那得看我心情。如果你不想见我，我也可以不见你。我回去事情多的是。"

汪小白现在的决定是：先带艾贷贷回曼谷待一段时间，让他自己好好感受下，如果现在他有能力忍受汪蓟钊，为了艾贷贷，他就尽量忍受，如果无力忍受，他就带艾贷贷去美国找一个地方生活下去，但是，他这点儿本事，在美国能生存下来吗？好像很难。所以，去美国这件事，汪小白其实还没想好……现在回泰国，他是有点走一步看一步的意思。

"……你回来就好。"

电话里的汪蓟钊，尽量语气平和地说话，生怕哪句话不对，使他的儿子改主意不回曼谷。内心里，他恨不得把儿子在曼谷囚禁起来。

汪蓟钊幼年时经历过那场长达十年的浩劫，二十多岁时，受他身边的比他年长或同龄的生意伙伴影响，把移民到另外一个国家当成重大成就，像别人一样，这个国家对他来说必须是美国。九十年代初，有一部电视剧风靡中国大街小巷，剧名叫《北京人在纽约》，里面讲的就是汪蓟钊他们这帮人。事实上，汪蓟钊达成了自己的意愿。可是，自己的儿子成年后居然要回到中国，并显然要成为一个地道的中国人，这让汪蓟钊非常恼火。尽管他是个自私的人，但汪小白毕竟是他在这个世界上唯一的血脉延续人，他会觉得，汪小白的执意回到中国，令他先前的移民努力白费了。汪小白知道汪蓟钊的这种心理，这也正是他七年来每次回泰国都不让汪蓟钊知道的原因。他真怕汪蓟钊把他囚禁起来。

"有什么事，回来再说吧。"现在汪蓟钊压制着心里对汪小白一如既往的不满，故作温和地说，"飞行时间很长，注意多喝水，多休息……"

汪小白挂了电话，注意到靠窗的艾贷贷目光没有离开过窗外。她在想什么呢？终于彻底摆脱艾家的男人们了，她该松了一口气吧？

窗外，近处一架飞机起飞了，过了一会儿，远处的低空里出现了另一架降落的飞机。坐在延误、等待控制中心起飞通知的这架飞机里，接完电话后的汪小白心情与艾贷贷一样低落。低落？为什么接完汪蓟钊的电话情绪瞬间就低落下去了呢？这个突如其来跑进脑海的问题，令汪小白感到紧张。那些这七年来潜藏在身体里的无所不在的被精神虐待的感觉瞬间就复苏了，它们在他的身体里游动、扩张，由小到大，最后蓬蓬勃勃地燃烧了起来。汪小白莫名感到口渴。一名空乘从他身边的过道经过，汪小白跟她要了杯水。

一口水喝进去，冰凉的感觉陆续在口腔、食道唤起他的不适感。此刻，汪小白的身体很敏感的，可感知到那些平时不易感知的东西。后面那位男性胖乘客，搽了很多香水，汪小白闻得难受。对这趟旅程的排斥，清晰可辨地出现在汪小白的身体里。汪小白一惊。

"我就这么走了吗？"

汪小白正思绪纵横，耳边传来艾贷贷细弱的提问声。这个问题呼应了汪小白此际的思绪，令汪小白误以为听错。汪小白转过头去，茫然地看着刚好也回过头的艾贷贷。

"你说什么？"汪小白抱歉地问。

"没……没说什么。"发现汪小白没有听清她的提问，艾贷贷脸上闪过一丝沮丧，重又将头转向了窗户。

"你是在担心什么吗？"汪小白把思绪往回拨过去一分钟，记忆找到了刚才艾贷贷的那句提问，"你不用担心什么的。去了曼谷，你的过去彻底翻篇。未来，你的未来，是全新的。你的家人不会再出现，没有人，没有任何事情，可能再控制你。"

这话答非所问。艾贷贷苦笑，不接话。稍许过后，她幽幽地问：

"我真的做对了吗？"

毫无疑问，艾贷贷在过去和未来的这个交叉点上，被那个叫作自我怀疑的东西突袭了。她做得对吗？问得好。较真儿讲，挺难说的。中国人讲究孝道，无论过去艾家人对她做过什么，这些天里，艾家人对她做了什么，孝永远是艾贷贷头顶高悬的一篇命题作文，她的这篇作文到目前为止大多数地方尚是空白，等待她填写。她可以不写，一直让它空着，等待知道她的人在上面填上"不孝"的评语。艾贷贷不是第一次被这道作文题震慑了。

"艾树民……我爸，快六十岁了，说实话，他其实是个挺没用的人，没有了子女的帮助，像他这样的人，会过得很糟糕的。他还有心脏病……我爷爷也有，比我爸更严重，他快八十了。"

不得了，对自我的否定就这样让她忘记他们的坏了。汪小白觉得此时应该尽到一个旁观者的义务，他提醒她：

"贷贷，我知道，你是个善良的人。但你当务之急要做的是，不要被自己的善良奴役了。善良有时候对我们有害，在我们明知不该善良的时候。"

艾贷贷没有在意听汪小白的话，她一意地沦陷在自我谴责中。"至少，我应该给我爸和我爷爷买点药，让他们带回老家。城市里药房多，很容易买到药，农村就不一样，一个村才有一个医务室，药还不全，只有镇上才有一家简陋的药店。为什么举手之劳我都不愿意做呢？我很绝情吧？我冷血，我很冷血，对吧？"

汪小白决定不再劝说艾贷贷。自言自语也是种自我梳理，她需要梳理心里那些繁复的思绪，修剪枝蔓，留下主干。她多年以来生命的主干，那是明明白白、清清楚楚的。

"其实，现在想起来，他们对我，也不全是嫌弃和利用，他们也有好。为什么我不会去记他们的好？一个人，只记得他人的坏，不记得好，说明他本人也有问题，对吧，小白？"

"你当然有你的问题。任何人都有自己的问题。"汪小白诚恳地说，"但你与你的家人之间，只要那些事情是真实发生过的，你一点儿错没有。全是他们的错。他们太奇特了，太不人道了。"

"他们太奇特、太不人道了。你想过没有，这么奇特，这么不人道，怎么就让我给遇到了？"

这个问题，在汪小白认识艾贷贷之后，确实多次出现在汪小白的脑子里。但那些时候，汪小白抱着对艾贷贷无限的信任，毫不犹豫地觉得这些奇特和不人道的事对应到艾贷贷身上，并无不合逻辑之处。父亲强奸亲生女儿的事情还有呢，亲人还互相残杀呢，比之于世上那些更奇特、更不人道的个案，发生在艾贷贷身上的个案也不算什么了。汪小白不明白艾贷贷现在为什么要提出这样的问题。

"贷贷，难道你的过去，跟你说的不一样吗？不完全一样？"

艾贷贷摇摇头，但她接下来的话，却不是用来否认汪小白的提问。"艾宝贵，真的在我面前……那样了吗？想想都不可思议，他是我的堂兄啊。他们，真的遗弃过我吗？真的是他们让我辍学的吗？难道没有可能，是我当时自己也想辍学？"

汪小白被艾贷贷的这番话吓了一大跳，不解地看着她。

"难道，没有可能，是因为我很讨厌？我天生是一个特别讨厌的孩子？他们遗弃我、让我辍学，艾宝贵向我做出那么丧失伦常的事，仅仅是因为我很讨厌？他们的这些所作所为，仅仅是属于对一个烦人孩子的发泄？"

艾贷贷这番话与此前那番话矛盾。汪小白松了一口气。显然，艾贷贷只是陷入自我的思想斗争中而已。

广播里开始播报，控制中心已通知本机起飞。汪小白在关机之前给曼谷的几位好友分别发去短信，告知他们回国的消息。在此期间，汪小白不再关注艾贷贷。就让她自行消化那些心绪吧。过了一会儿，汪小白跟空乘要了条毛毯，一心一意地闭目养神。飞机开始滑行，速度越来越快，汪小白在颠簸所带来的奇特的身体快感中，恍然入眠。醒来时，飞机已在高空平稳地飞行。身边的艾贷贷，也已经睡着了。她鼻息匀细，睡得跟个孩子似的。看来睡得很深入。用睡眠质量的好坏来判断她的精神状态，这是从来没有错的。很好！梦里的她，一定是带着一颗空荡荡的、明澈的心，在眺望新生活了。

汪小白却不能够再睡着。几个小时后，飞机进入了夜间飞行状态，汪小白目光投向窗外黑夜中的星空，有一会儿，他有点恍惚，过去七年的中国经历，是真的发生过吗？置身高空的他，居然对此感到迷惑了。

汪小白从梦中醒来，发现还残留在脑中的迷惑来自梦中，他有些庆幸。艾贷贷早已醒来，正专注地看着外面几千英尺上的夜空。

"你在想什么？"汪小白问艾贷贷。

"我在想，你爸爸是个什么样的人。"

从决定带艾贷贷去曼谷，直到此刻，他们还没真正谈论过他们未来生活中的另一个主角——汪蓟钊。汪小白心里下意识地一颤。

第十八章

1

汪小白和艾贷贷坐在唐人街的一家中国餐馆里等待汪蓟钊的到来。尽管汪蓟钊接机时再三要求，汪小白还是拒绝了他邀请他们回家住的好意。不！是汪蓟钊的家，这个家只跟汪蓟钊本人有关，所以对汪小白来说不能称之为家。汪小白有一点做得很决绝，过了十八岁，他就在精神上把自己与汪蓟钊割裂了，动用的方式，就是明确向汪蓟钊表明，他俩以后是两个独立的家庭，尽管，汪蓟钊那时在曼谷有多个事实上的老婆，汪蓟钊一个就占取了多个家庭的数量，而汪小白离结婚成家这事还隔了很多年。要有多抗拒汪蓟钊，汪小白才做得如此绝啊。

汪小白记得，在汪蓟钊四十岁之前，他很少见得到这个他唤作爸爸的人。一年时间里，他们见面的时间不会超过三次，加起来一个月不到。陪汪小白长大的是不停变换的女佣们。汪蓟钊十几岁时就通过劳务输出去南非中国公司的工地里去打工，他天生精明，打工几年摸透了在南非办一个建材公司所需要的种种，二十出头就开始在南非做建材生意。汪蓟钊在南非的建材生意做得很成功，几年后，他又把生意扩展到非洲的另一个国家。又过了几年，他建立的人脉越来越广，生意越做越通畅，在非洲、南美洲、东南亚、美国、澳洲都铺了场子。从十几岁的青葱少年，到四十不惑、身体早衰的中年，汪蓟钊的事业做得成功，感情史却乱七八糟。他在他待过的每一个国家，都有他始乱终弃的情妇，这些情妇中甚至有个别人给他生了孩子，他都不知道。汪小白是汪蓟钊能确认的他唯一的儿子，女方，也就是汪小白的妈，是中国人，当年，她是为了得到绿卡才与汪蓟钊结婚的，事情发生在汪蓟钊二十三岁、刚入籍美国时。汪蓟钊提出的条件，是汪小白的妈必须为他生个儿子。汪小白的妈一胎就生了个男孩，但这时达成目的已拿到美国绿卡并在那儿生活的她，随即就跟汪蓟钊离婚了，并迅速跟一个纯正的美国白人恋爱结婚了，这个过程发生期间，是汪小白在中国孤儿院从出生到两岁的时间。

汪小白才真正是从小被遗弃的人呢。汪小白在与艾贷贷认识一个多月时，得知艾贷贷曾险被遗弃的过去，对她的爱更加强了一些。这也正是他当时接受艾贷贷的要求与她闪婚的重要原因之一。

有意思的是，那时年轻的汪蓟钊成天为事业打拼，在汪小白在孤儿院长到两岁时，才得知汪小白被遗弃的事情。他火速把汪小白从孤儿院里打捞出来，带到了曼谷。

也许，汪蓟钊年轻时从来没有想到过，他这一生，最终只生了一个儿子，这令他对汪小白百般挑剔。他实在看不惯从小温柔、软弱的这个儿子，所以，汪小白在汪蓟钊面前，做什么都是错的，怎么做，多么努力，都不能令他满意。

在汪小白小的时候，汪蓟钊似乎一直在改造汪小白，从任何一件小事抓起。汪小白喜欢喝冰的东西，牛奶、饮料、纯净水，不在冰箱里把温度降到摄氏五度以下，他喝起来都没感觉。但是一年见不到汪小白几次的汪蓟钊只要有机会，就告诉汪小白，这个习惯要多错误有多错误。汪蓟钊经常夸大其词，把某个他们认识的老年人的某种突发病症与汪小白这一习惯对应起来，声称如果他不从小改掉这一习惯，这些老年病汪小白年轻时就会染上。喝点降过温的东西就能跟英年早衰联系到一起？汪小白觉得汪蓟钊想象力真够丰富的。偏执。

对！在汪小白看来，汪蓟钊就是个偏执狂。从汪小白生下来的第一天起就单身的汪蓟钊对汪小白时时处处严格要求，说到底是他为了满足心里住着的那个偏执狂魔的私欲。

除了喝水吃饭这些生活小节方面，还有哪些方面可以让汪蓟钊尽展偏执水平的呢？当然是方方面面啊。小时候，汪小白喜欢音乐。有一天，他在街上看到一个气质卓然的华裔老绅士在用琵琶弹奏一曲《十面埋伏》，那是傍晚，铿锵的琵琶曲、满天的晚霞、匆匆走过的行人三者之间构成了某种奇妙的意境，汪小白听得呆住了，回去后执意要女佣带他去社区里一个华裔音乐老师家学弹琵琶，那天刚好回到曼谷的汪蓟钊愤怒地拒绝了他。愤怒！

汪蓟钊居然因此愤怒。愤怒的理由是，这种乐器，是女孩子学的，汪小白是男孩子，应该去打冰球、棒球，去学击剑，诸如此类彰显男性阳刚气质的爱好才是该与他发生关系的。他是从哪儿得来的歪理邪说？女孩子才学琵琶？成年后，汪小白用谷歌查遍，也没发现这个世界上有这种说法。说明了什么呢？汪蓟钊是个强硬的中国式家长，虽然，他从二十多岁就离开中国了，如今在他国生活的时间远远多于在中国生活的时间，但他骨子里还是中国家长中最霸道的那种家长。有意思的是，汪蓟钊这些年来，似乎一直在做着一件事，那就是，竭尽全力地摆脱自己身心内外的中国印记，但骨子里却藏着一个以树立个人权威为至高追求的腐朽思想。这些，是他自己看不到的，也是不愿承认的。

由于生活中缺乏一个母亲，汪蓟钊又是一个几乎不在场的父亲，汪小白从小没被照顾好，一直长得比较瘦弱。汪蓟钊最看不得汪小白这一点。开始，他想尽一切办法让用人督促汪小白每天都要去健身房，并要求女佣每天用邮件向他汇报汪小白的锻炼情况。他试图通过健身和健身后高蛋白的饮食把汪小白训练成一个健壮的人。但汪小白看到那些器械就反感。后来，汪蓟钊放弃了。但是这之后的许多年里，每当他从他国回到曼谷，都会经常突如其来地将汪小白上上下下打量一番。

"看你这弱不禁风的样子。以后成了家，还怎么保护女人？还怎么替自己的家遮风挡雨？"他说话的时候都是皱着眉头，一副嫌弃相。

有一次，他回到曼谷的家，大概是因为刚刚经受了一些不愉快，他居然讽刺汪小白："你是个女孩吗？我们汪家生了个不男不女的人。"那一年，汪小白十四岁，第二性征刚刚出现。

更过分的讽刺，发生在汪小白十六岁那年。"你是 gay 吗？"汪蓟钊憎恶地看着当年一米六不到、白白净净的汪小白。

在全民信佛的泰国，社会比较宽容，是不是 gay 一般不会成为某个人歧视另一个人的理由，更何况，如果有这种歧视，通常当事人都会尽量隐藏在心里。无缘无故地说一个人是 gay，那就不仅仅是歧视了，其中还包含着反感。

"难道你想做'人妖'？"

有时候，汪蓟钊这么说。

那一天，汪小白冷冷地看着羞辱他的汪蓟钊，不能理解他何故如此羞辱自己。诚然，汪蓟钊虽然现在长年吃药，但他却常年以一种在常人身上少见的自律风雨无阻地健身，把自己练得外观上完全看不出他是个一身病患的人。汪小白自己每每看着身材健美的汪蓟钊，都有一种自惭形秽之感。但你足够完美，就能成为别人必须像你一样完美、如果不这样完美就必须遭受羞辱的理由吗？汪小白觉得汪蓟钊骨子里是自恋。这样的羞辱，是一个自恋狂人无法克制地标榜自己的一种方式。

十七岁，汪小白初恋。对方是个漂亮的泰国女孩。汪蓟钊想尽一切办法拆散他们。汪小白实在搞不懂这么优秀的女孩为什么令汪蓟钊那么厌恶。他找不到别的答案，最后只能觉得，仅仅是因为这个女孩是他自己选中的，事前没经过汪蓟钊的同意。

汪小白中学毕业，本意并不想出国留学。但是那段时期已经很少离开曼谷的汪蓟钊偏执症彻底爆发。汪小白的任何一件事情，都要由他决定。他的理由很简单：多年来，他在事业上每战每胜，汪小白该干什么，他有绝对的发言权。当时，汪蓟钊的偏执已经严重到了对汪小白说话声音高低都要严格规定的地步。汪小白觉得，汪蓟钊的控制欲已经让他病入膏肓了。

控制有多种。艾家的男人们对艾贷贷无止尽的索求，对她来说是一种无形的控制。汪蓟钊以对汪小白好的名义对他实行千百条纪律、千百项注意，那是一种控制。前者和后者，有优劣之分吗？没有。控制不分优劣，所有不受当事人欢迎的控制都是恶劣的。严格讲，它们都是自私、自大、以自我为中心的表现。艾贷贷要摆脱艾家的男人们的控制，从他们无止尽的索求中摆脱出来。汪小白也一样，要摆脱汪蓟钊的控制，从他无止尽的奇特施爱行为中摆脱出来。从这个角度来看，汪小白与艾贷贷是同病相怜的人。

现在，两个同病相怜的人并排坐在靠窗的一个餐台上，等待汪蓟钊的到来。他迟到了。说好了是十二点，但已经十二点二十六分了，餐厅门口依然没有出现他健壮、高大、永远正装覆身的身影。一个用完美去要求汪小白的人，却随意迟到，说明了什么呢？以爱的名义控制他人的人，其本人是可疑的。爱不过变成了其施展控制能力的一柄匕首而已。爱，是汪蓟钊最好用的武器。

"想知道我爸爸是个什么样的人吗？"

汪小白这个时候才觉得要跟艾贷贷谈谈汪蓟钊。汪小白跟艾贷贷结婚、离婚，这两件事情，汪蓟钊都不知晓。为什么要告诉汪蓟钊他在中国结婚了？汪蓟钊连他在曼谷跟一个优秀本土女孩谈恋爱都会横加阻挠啊——这是当时汪小白坚决不告知汪蓟钊他结婚的事的心理。现在，汪小白被迫要向汪蓟钊介绍艾贷贷了，介绍的后果是什么呢？汪小白想起前几年中国电视剧里流行书写的婆媳之间的斗来斗去，汪蓟钊长年来在汪小白眼里扮演着父亲和母亲的双重角色，他身体里一定住着一个对儿媳吹毛求疵的婆婆，不敢想象他见到艾贷贷后，会有什么好结果。

反正，汪小白和艾贷贷接下来又不会跟汪蓟钊在一起生活，汪蓟钊过他的，汪小白和艾贷贷过他们自己的。他今天把艾贷贷介绍给汪蓟钊，只是尽一个儿子的义务而已。尽完这个义务，吃完这顿饭，他就带艾贷贷回酒店，汪蓟钊回他自己的家，以后尽量井水不犯河水。这是汪小白的想法。

汪蓟钊到了。"你们什么时候到的？"

他在汪小白和艾贷贷对面坐下来，并不解释一下他为什么迟到了将近一个小时。汪小白不能忘记，以前每每他没有兑现诺言，都有义正词严的理由，这个理由每每都一样：他是个时刻都要在家中处理工作事务的精英人士，太忙了。到了后来，他都不需要解释自己忙。仿佛，洞悉他忙因而不履行诺言是汪小白的义务。对待儿子，汪蓟钊的思维是暴君式的。

汪小白没有回答汪蓟钊，用这种方式表达对他的不满。汪小白去了中国多久，他们就有多久没见面了。七年里，汪小白每年都要回曼谷几次，但都不会告知汪蓟钊。汪小白在与汪蓟钊偶尔的通话中，只要汪蓟钊问起，他从来都咬定从未回过曼谷。汪蓟

219

钊虽然在中国没有业务，但还是会假借工作之名，一年去几趟中国，每次他都要求见汪小白，汪小白都找各种理由推脱。对汪蓟钊拒而不见的恒心坚定到如此地步，连汪小白自己都觉得震撼。偶有某个时候，他也会揣度，这样的坚定到底有无必要。

七年未见，汪蓟钊居然没有表现出任何的激动。汪小白确认无疑，汪蓟钊心里肯定是激动的，只不过他很好地将它伪装成了平静。

汪蓟钊瞟了艾贷贷一眼，开始整理餐巾和餐具。菜早就上好，汪小白和艾贷贷此前没有吃过一口。汪蓟钊整完餐巾和餐具后，兀自吃了起来。吃了几口，才发现对面的汪小白和艾贷贷没有开始吃，他停了一下。

"你们不吃？"

汪小白向艾贷贷使了个眼色，艾贷贷便拿起筷子，象征性地夹了一口菜。汪蓟钊用公筷给汪小白夹了一筷子菜，又瞟了艾贷贷一眼，将公筷放下。很难说，他刚刚做的，是真的想夹一筷菜给汪小白，还是要向艾贷贷示范夹菜必须用公筷的餐桌礼仪。

汪小白看到她不以为然地挑了一下眉头。

"介绍一下，这是我妻子，艾贷贷。"汪小白说。

汪蓟钊连瞟都没瞟艾贷贷一眼，只是停止了夹菜和吃的动作，木着脸将头歪向一侧，眯起眼睛看着一只菜盘。忽地，他微微一笑，继续吃了起来。

令汪小白讶异的是，艾贷贷并没有应着他的话，对汪蓟钊说点儿什么，比如补充自我介绍。艾贷贷十分自然地边吃边看着手机，对汪蓟钊视而不见。

公媳二人此番相见的具体场景，与汪小白的想象有所区别。在汪小白先前想来，二人见面后一定是剑拔弩张地斗嘴、翻白眼、冷笑，总之热闹非凡。不曾想却是这样视彼此为空气。是他们在暗中进行心理上的角力？

接着下来，他们几乎没有再交谈过。由始至终，汪小白只说过一句话，艾贷贷一句话都没说过，汪蓟钊偶尔自说自话。不到二十分钟，这顿饭因汪蓟钊的中止用餐，不得不结束了。

"我吃完了，你们呢？"汪蓟钊放下筷子，靠到椅子上，凝视着汪小白，又以先前那种目光瞟了艾贷贷一眼。这样子使他看起来有点居高临下。

他从来都是居高临下的。也难怪，像汪蓟钊这样的人，生于中国最底层，靠自己的天才成为富豪，在很年轻时就拥有许多中国人想拥有的美国国籍，一生妻妾成群，这些配属在他身上的事实，得让他成为多少思维畸形的中国男人的偶像吧？比如假富豪赫炜，比如同样出身底层但依然在为出更大的名不遗余力拼搏的毕战群，而艾宝贵、艾树民这样仍然处于底层的中国男人，就更不用说了，让他们知道有汪蓟钊这个人存在，他们得顶礼膜拜了吧？他这么具有偶像素质，当然有资格高高在上了。

但是在汪小白眼里，汪蓟钊就是个自以为是的人，比如，他最近二十年来很少关注中国，不知道现在的中国完全与他少年时代生活过的中国不可同日而语，最近几年，很多在海外留学的学子不再像以前一样以留在海外工作为荣，他们中的很多都回到了自己的国家创业，这在这群青年中变成了当下的一种潮流，甚至有些父母已移民海外的青年，他们都愿意回到自己父母的母国来发展。这些信息，把自己封锁在曼谷小世界里的汪蓟钊根本不知道。他早就变成了一个故步自封的人。

"我还没吃完。"汪小白更加慢条斯理地吃着。

汪蓟钊把目光转向收银台。"你好！请过来一下。我先把账结了。"

收银员过来。汪蓟钊一边埋单，一边端详汪小白。汪小白吃得越来越慢，对他的提前埋单予以抗议。汪蓟钊埋完单，忽然把头转向艾贷贷。他目光笔直、持久地看了她数十秒钟。这是今天他第一次用正眼看艾贷贷。汪小白注意到了汪蓟钊对艾贷贷的逼视。他下意识地把筷子放下来，一边取了餐巾纸擦嘴，一边担心地瞥艾贷贷。想象中的暴风骤雨终于要来临了，艾贷贷能招架得住吗？

"你可以先回避一下。"汪蓟钊傲慢地说，"我跟我儿子还有点私密的话要谈。等我们谈完，我会喊你进来。"

这是汪小白想象中汪蓟钊该有的措辞。汪小白马上想替艾贷贷接话，比如，为什么她要走？她是我妻子，你有任何想对我说的话，都可以当着她的面说。但没等他把话说出来，艾贷贷已经平静地站起身来。

她拿起衣服就要离开。在此期间，她只是礼节性地向汪蓟钊抿了抿嘴，对汪小白，她居然视而不见。难道因为汪蓟钊的无礼，艾贷贷生了汪小白的气？

"我们的合作很圆满。谈好的价钱，这两天我的律师会问你要收款账户，一分不少地给你。"

艾贷贷没搭腔，只神秘莫测地笑了笑，走了。

汪小白吃惊地看着她的背影，一头雾水。刚才汪蓟钊说什么？

"合作"？

"价钱"？

什么意思？

汪蓟钊跟艾贷贷有合作？什么？他们两个人有合作？

汪小白感觉自己的脑血管疯狂地痉挛了起来。

2

不不不！我和这个女人的合作，不是从那个时候开始的。没有那么早。

为了拆散你和这个女人，暗中找到她，答应给她一笔钱，然后她按我与她的约定毫无征兆地向你提出离婚并达成目的。这是中国某个时期里的偶像剧中常用的桥段，现实生活中没人这么干。我当然不会这么干，你跟这个女人，你叫她艾贷贷是吧？你跟艾贷贷的婚姻，我虽然不看好，不太接受，但我不会用那种偶像剧里的方式去拆散你们的。那样做，太拙劣，太没有道德。我汪蓟钊自问是一个道德标准很高的人，不会干这种事。

是她自己要跟你离婚的。原因你现在肯定要比我清楚得多，

223

我反正只是知道个大概。你不相信吗？不信你可以问你陈阿姨。事实上，你在中国的一举一动，我都拜托跟你在一个城市的陈阿姨关注的。你不记得陈阿姨是谁了？喔！可以理解，你只是四五岁的时候见过她一次而已。她是我的小学同学。中国每个城市都有我的熟人，无论你在中国哪里，无论你告不告诉我，我都会找到一个合适的眼线来帮我关注你的一切，你今天干了什么，去了哪里，他们都一清二楚，他们清楚，我也就清楚了。你在中国的生活，在我这儿是一目了然的。抱歉！我现在才告诉你这些。你很愤怒？有这个必要吗？我只是在尽一个父亲的本分而已。

你什么时候结的婚，什么时候离的婚，我都会在第一时间知道。艾贷贷跟你离婚的第二天，我就知道这件事了。我跟艾贷贷，就是在你们离婚第二天开始合作的。我专程飞到中国，和她谈判。

我对她的要求就两点：第一，把你带回曼谷并带到我的面前来；第二，要用一些手段，达到你是被骗回曼谷的目的。对！手段，一定要用些手段，这一点至关重要。

现在我来告诉你，为什么第二点至关重要。

我认为，以你的天真和单纯，要在眼下如此复杂的中国生存下去，那是不可能的。事实也正是如此。这七年来，你所遭受的欺骗，所碰的壁，也许比我知道的还要多。我就是想让你知道，这一次，是一个中国土生土长的女人，用欺骗的手法把你弄回了泰国。

我现在主动而且必须地，把你在这件事情中受到欺骗的事实告诉你，是因为我觉得，只有这样，才能让你更加深刻地体会到：以你的天真和单纯，在中国只能永远遭受欺骗、只能永远失败的事实。

只有如此深刻地体验一次被欺骗，你才能认可我的观点。你才有可能真正打心眼儿里对当下的中国心生畏惧，真心诚意地回到我身边来。对！我只是把你这个人弄回来，那是没有用的。弄得回来你的身体，弄不回来你的心。如果你不是真正意识到你在中国将永远遭遇欺骗、你的天真和单纯根本无法应付那些应接不暇的欺骗，你是不可能对当下中国产生畏惧之心的，你是不可能真心诚意地想回到我身边的。你的身体回来了，心却没回来，一转念的工夫你都会离开的。

当然，你如果觉得我与艾贷贷的这次合作，手法过于极端，伤害了你的自尊，你出于对我的厌恶，逆反心理上来了，反而又觉得回到中国是必须，你真要那样，我也没办法。但我想，就算你逆反心理作祟回中国了，你冷静下来还是会想明白我要告诉你的道理，是正确的。我相信你会这样。为什么？因为，你我现在都清楚，在这件事中，不仅仅是我欺骗了你，你最爱的女人艾贷贷，她也骗了你。我告诉你，我汪蓟钊这辈子经历过的女人不计其数，还没有被哪个女人骗过，你被一个女人骗了，多丢人啊。你在我面前就是丢人。

你被一个你如此相信的女人骗了，你觉得你还要在中国待下去吗？

对！艾贷贷骗了你。你难道没有想过，只要她想躲，她家里人真的能找到她吗？是谁让他们找到她的？除了她自己，还能有别人？

是艾贷贷自己，为了完成我和她的约定，主动把艾家的男人叫到了你们所在的城市，接下来发生的一切，你都亲身体验过了，不用我多说了。

我没有想到，我让她"用一些手段"——她用的是这种手段。

她其实根本不想移民美国。我打赌。

8

现在，汪小白头疼欲裂，他在阵阵袭来的痛楚中，震惊地看着将一切娓娓道来的汪蓟钊。控制！这一次，他在用一种比以往更强悍的方式控制他。毋庸置疑，他是个无所不能的男人，充满力量和智慧，但他把他的力量和智慧用到了自己的儿子身上，这让汪小白感到恶心。汪小白听到心里一个呐喊声：等他把该说的说完，立即跟他断绝父子关系。

"有几个问题，我能问一下你吗？"汪小白忍着头疼，冷冷地问。

"你脑子里还有什么没捋清的，尽管问。我一定可以给你答案，让你恍然大悟。"汪蓟钊自信地说。

"你的意思是，她的爸爸、爷爷、伯父、堂兄出现，都是艾贷贷安排好的，她和他们联合来欺骗我？她的前夫，赫炜，那个假富二代，因破产跟艾宝贵合伙骗取艾贷贷的卖房款，也是她跟他们合计好的，就为了欺骗到我？所以我与她离婚后发生的一切，都是她在得到你的那个指令后脑洞大开的设计？这也太复杂了吧？她至于搞得那么复杂吗？不就想让我感觉到受骗吗？竭尽复杂化地来让我得到被骗感，是一种必须？"

"当然！"汪蓟钊说，"她的设计越复杂，你的挫败感就越强，就越会对当下的中国心生畏惧，就越不敢再在中国待下去。你不觉得我的思路很完美吗？"汪蓟钊沾沾自喜起来，"不过，这些细节，全部都属于她的灵感。我只给予她方向和目标，至于怎么去往那个方向，怎么到达那个目标，她完全可以自作主张，充分发挥。现在看来，她执行得很不错，我给她的执行情况打满分。所以我必须给她事先讲好的十成报酬，一点儿折扣都不打。"

汪小白脑子里的疼痛走开了一下。他怔怔地看着汪蓟钊。正如汪蓟钊所言，他脑子不够精明，此刻，他弄不清楚汪蓟钊所言，到底指向的是事实真相抑或仅仅再次证明他的极端偏执，但他并不以此为耻。他觉得，自己真没必要弄清楚这些。艾贷贷是不是骗了他，那很重要吗？最重要的，是汪蓟钊骗了他。

离开的疼痛又回来了，这次，它带来了更多的疼痛。汪小白感觉脑袋时刻要炸掉。那种疼痛令他愤怒得时刻都有可能站起来扑向汪蓟钊，掐死他。汪蓟钊看着汪小白。他大概想看到汪小白此刻爆发，想看到汪小白对他破口大骂，想看到汪小白站起来，把一杯水泼到他脸上，想看到汪小白给他一记耳光，这些都是他想看到的汪小白，是他想得到的汪小白的性格，但是，他看不到。汪小白还是那个文雅、克制的白净青年。

"我不想跟你说了。"汪小白以巨大的毅力，控制着脑袋里的巨兽，冷静地说。

"你冲我发火啊。"汪蓟钊喝令道。

"我懒得理你。"汪小白听到脑袋里的巨兽在咆哮，但他依然表情平静。

"你没种，真不像我生的。"汪蓟钊怒了，"你要再因为我的原因离开曼谷，你就是个蠢蛋。我倒要看看，你接下来是做一个蠢蛋，还是变聪明、成熟一点。"

"不关你事！"

汪小白感觉脑袋里的那头巨兽开始撕咬他脑子里的一切，但他还是不让它得逞。但这种内在的焦灼，令汪小白感觉自己要晕过去了。晕过去也好，总比被一头巨兽牵着鼻子走要好。

"你简直是个孬种！"汪蓟钊恶狠狠地说。

他从来不知道汪小白有脑血管痉挛症。汪小白从来没有告诉过汪蓟钊这件事，他觉得把这告诉汪蓟钊就是一种示弱，他从不想向汪蓟钊示弱。在很小的时候，它发作了，他也是让女佣带着他去医院，并嘱咐她们在汪蓟钊回家时不要将之告诉他。

现在汪小白为自己今天控制住了脑中那头巨兽而心生自豪。这让他觉得自己今天其实已经战胜了暴躁的汪蓟钊。这种胜利感，令他不想跟汪蓟钊再多说一句话但自己心里是平静的。此刻，汪小白只希望这顿饭赶紧结束，他好离开这里，去机场见艾贷贷。不管怎样，他想知道艾贷贷怎么还击汪蓟钊的这么个说辞。汪小白正兀自这么想着，忽然看到艾贷贷的身影出现在门口。

"我知道你刚才跟他说什么。"来到他们面前，艾贷贷直截了当地对汪蓟钊说，"你一定说了，我们是怎么合作的，你马上要把答应给的钱一分不少地给我，或许，你还会赞美我任务完成得不错。"

"全被你说中了。"汪蓟钊鄙夷地看了艾贷贷一眼。

如果艾贷贷知道汪蓟钊在全世界有那么多的情人乃至老婆，她会不会把他当成这个世界上最值得厌恶的男人呢？汪小白看着镇定的艾贷贷想。这个想法让汪小白震惊，他是抱定了一个主意，就算艾贷贷真的配合汪蓟钊欺骗了他，他也不会恨她的，是这样的吗？

"我想跟你说，汪小白！"艾贷贷把脸转向汪小白，"你爸爸确实来找过我，他想让我帮他把你骗回曼谷，并且要让你在这次被骗中深感受挫，但是我想告诉你，我那天并没答应他。"

"没有答应我？"汪蓟钊不解地问。

"所以，我也不会要你一分钱。"艾贷贷回答汪蓟钊，"虽然我很缺钱，我一直缺钱，我这种人，从来都是缺钱的。但我没有与你合作，我不会拿你的钱，无功不受禄。"

"你没有跟我合作？"汪蓟钊追问。

艾贷贷不理会汪蓟钊，她凝视着汪小白。"小白，我想告诉你，我没有骗你。我一丁点儿都没有骗你。"

"你没有骗我？真的没有骗我？"汪小白惊喜地看着艾贷贷。

"事情就是那么巧，你爸爸找我谈过之后，就刚巧发生了接下来的那些个事情，而这些事情，正好把你推向了你爸爸所需要的结果。"

"你说完了？"汪蓟钊摇着头，瞥着艾贷贷。

"说完了。"

"你觉得她的自圆其说不牵强吗？"汪蓟钊的目光从艾贷贷脸上移开，落到了汪小白脸上，"我跟她谈过之后，刚巧发生了接下来的那些个事情，而那些事情，正好把你推向了我所需要的结果？她是在说这个意思？"

"她说了，她不会要你的钱。"汪小白冷冷地回应，"仅这一点，就证明她的自圆其说不但不牵强，而且是十分合情合理的。如果你认为那是自圆其说，而不是自然形成的逻辑的话。"

"难道没有可能，她没想到我会当面向你摊开这一切，她怕失去你的心，临时决定放弃酬金？"

艾贷贷别过头去，不看汪蓟钊和汪小白。汪小白看着她，对汪蓟钊的愤懑更强烈了。

"你反正是怎么都不愿相信她的话了。"汪小白大吼。

"事实是，我确实找过她谈合作，而现在，我想让她帮我完成的事情，她完美地帮我实现了。你让我相信她现在的自圆其说？你以为我像你一样蠢萌呆吗？"汪蓟钊说着，站起身来，对艾贷贷说："我说过，我的律师过两天会打电话问你要你的账号。你不用客气，该你的钱拿走就是。"

艾贷贷低下头去，咬着嘴唇，开始掉眼泪。

"我说过了，我没有答应过与你合作，我也没有跟你合作。你想给出去的钱，跟我无关。让你和你的律师见鬼去吧。"她的声音压抑而悲伤。

"别告诉我，你从来没想过要利用我儿子随时可以得到的美国国籍移民到美国，或到泰国定居？"汪蓟钊说，"如果你现在怕失去我儿子的心，这么跟他说，你可就从头到尾白费心机了。"

"你不必用这种的话激我。"艾贷贷扬起头来，遥遥地向汪蓟钊投去倔强的目光，"我告诉你，我真的未必要跟小白来泰国定居。移民美国，我更加是从来没有想过。现在的中国多好啊，我干吗要移民美国？"

"哈哈哈！看不出来，你对我儿子是真心的啊。不过，你现在为了证明你的真心，可真是亏大了。"

汪蓟钊向外走去。艾贷贷失声痛哭。汪小白手足无措地望着她。他没有及时去安慰她。这一点令他对自己感到吃惊，他真的相信汪蓟钊的话了吗？艾贷贷也敏锐地感觉到了汪小白的迟疑所揭示的他的内心世界，她颇感失望，停止了哭泣，愣怔地看着汪小白。

"我之前真的没有想过，要跟你定居泰国，或者移民去美国。都是被逼到那份儿上，我才顺着兰兰的建议，这么去想的。"

"贷贷，你大可不必因为他说什么而改变自己的主意。我们都不必因为一个外人的话，而改变我们的主意。他就是个外人而已。"汪小白真诚地对艾贷贷说，"不过，我现在脑子有点乱，你让我想想……"

"想想？"艾贷贷有点吃惊的样子，她是没有料到汪小白会说这样的话。

"对！我得好好想想。脑子实在是太乱了。"

汪小白感觉脑子里刚才被他制服的那头巨兽又在蠢蠢欲动了，疼痛感像摆在脑子里的一勺油，只需要将火烧旺，它就开始热滚滚地灼痛他的脑袋。这把火现在可能就是艾贷贷的一句话。汪小白期望艾贷贷此刻不要再说了。

"你慢慢想吧。我这就订回国的机票。"艾贷贷的脸骤然冷了下去，"而且，我改主意了。我不会再跟你结婚了。你爸爸就是一个暴君，比我们艾家的男人可怕一百倍。我连跟艾家的男人都想保持距离，你爸爸这种人，我必须远离他十万八千里。"

"可是，我们根本不会跟他一起生活。"汪小白急了。

"对！你是这么想的。但你根本不是他的对手。他想控制你，易如反掌。只要你在曼谷，你不想跟这个人一起生活的可能性为零。"艾贷贷绝望地看着汪小白，她的眼里充满了伤感，"还有，汪小白！你今天……让我对你失望。你大概根本就没有想明白你现在在干什么吧？我确定，你没有想好你最终要不要带我去美国。你只是赶鸭子上架地带我来了曼谷。"

汪小白看着艾贷贷，脸部肌肉抽搐，眉头紧皱，鼻息深重。他这副表情，让艾贷贷进一步确信了她对他的判断。她的判断是错误的，汪小白只是在控制着脑袋里的那头已经脱缰了的巨兽而已。他的头此刻太疼啦。就听艾贷贷失声大笑了。

"汪小白，我今天终于明白你为什么要坚定地选择去做一个天真、单纯的男人了。你缺乏男人应有的魄力，你很弱，弱爆了，就是只弱鸡。你欠缺直面现实的能力，过往，你都是采取逃避、躲避的方式来面对你生活中的问题，比如你逃避你爸爸。所以到现在，你依然是个没有任何解决问题能力的男人。说到底，你的天真、单纯，是为了掩饰你这些性格上的薄弱之处。你太弱了，你这种男人，唯一能驾驭的，只有天真、单纯这种人设，其他的人设，需要太多迎难而上，需要太多争执、争辩、争吵、撕咬、缠斗……对你来说，它们需要太多体力、耐力、智力和勇气，对你来说，都太难。"

艾贷贷这段长篇大论进行着的时候，汪小白看着汪蓟钊紧闭的双唇，有一刻他有些恍惚，这些话多么像从汪蓟钊嘴里说出来的啊，现在连最不可能、最不应该说这番话的艾贷贷，也在这样贬斥他了，难道，汪蓟钊以前给他下的结论都是正确的？汪小白感觉似乎脑中有电流蹿过，一阵钻心的疼痛在那里出现了，停留了一下，又走了。才过去片刻，它又来了，顽强地停留在了那里。

艾贷贷说完疾步离去。

汪小白震惊地回想着艾贷贷刚才那番话，同时抵抗着那些头疼的感觉，就这二者，已经令他应接不暇了，他哪有时间去追艾贷贷。就是他的这一迟疑，他错过了挽回艾贷贷的机会。第二天，艾贷贷决绝地离开了曼谷。

"她这是欲擒故纵。"艾贷贷离开曼谷后，汪蓟钊向汪小白解析艾贷贷的决绝，"她是个职业骗子，她用这一招儿，是想达到你去中国把她追回来的结果，你会中她的计吗？"

"汪蓟钊！这个世界上还有什么你可以相信的？"汪小白头都快给汪蓟钊搞炸了。

"儿子！你说到了点子上。我宁可对这个世界上的一切保持怀疑，也不会轻易相信一个人、一件事。因为，这个世界太多谎言，太多欺骗，太多经营，太多算计，太多背叛，太多自私，太多狡诈，太多恶毒，你轻信，就容易上当受骗。你对一切保持怀疑，最多是偶尔错怪了某个人，但你自己不会受到伤害。为了把自己在这个世界上可能遭受的伤害降低到最小可能，偶尔错怪一个两个人因此错失某些可能有益于我们人生的机缘，那又有什么呢？失去这一个两个机缘，我们的命运也不会因此改变。儿子！爸爸在你已经是个二十六岁的成年人的今天，不免真诚地告诫你：我跟你讲的这些道理，是我用半生的血泪换来的精神成果，我希望你能听进去，像我一样，从现在起，不要轻易相信一件事、一个人，尤其是一个有诈骗前科的女人。你要以一颗怀疑一切的心，面对这个世界。这样，你才有可能安全、顺利地过完你这一生。我希望你这一生安全、顺利。即便不会像我这么成功，但也不能遭受那么多的挫折，受那么多的苦。你是我儿子，我只想你好，你明白吗？我给你灌输这个道理，是为了让你免遭过多的伤害，你明白吗？"

汪小白觉得，汪蓟钊的这一番宏论，只能证明他是个自私、精明的生意人而已。到了他这个年纪，当然会选择最保险的那种生意经。怀疑一切，输的概率就最小，这就是他计算出来的最保险的人生方案。但汪小白觉得他自己与汪蓟钊不同，首先，他不

234

是个生意人，他的人生不需要计算那么多的得失。其次，他还年轻，他的人生不需要选择那些最保险的方案。相对于保险性能好的人生，他更在乎那种是否能真切感受到爱情的声音和呼吸的人生。那种人生，鲜美、灵动、饱满、自由、随意、洒脱，对他更有吸引力。

第十九章

1

汪小白发了高烧，昏迷了一天一夜。汪蓟钊关于一个人该对世界选择怀疑还是相信这番宏论，是他在病房里对着昏迷的汪小白说的。那时候，汪小白虽然处于昏迷中，但神志其实是清醒的，他听得清，也听得懂汪蓟钊说的每一个字，于是，昏迷中的他在听汪蓟钊说那番话的时候，也能听到自己内心深处的反驳。

为什么会高烧和昏迷呢？这对汪小白来说，是一个需要想明白的问题。一天一夜之后，醒来的汪小白一个人躺在病房里，怔怔地看着黑暗中的天花板，觉得自己的高烧和昏迷来得有点唐突。是脑血管痉挛最近频繁发作、这一次发作得太厉害导致的吗？这个解释不太容易成立，脑血管痉挛似乎跟发烧难以产生联系。

汪小白想了一会儿，发觉要想清楚这个神秘的问题，实在是太难。索性，他就不再去深想了。像往日他所习惯的那样，为了避免让自己深想下去，他打开了一个直播软件，强颜欢笑地开始扮丑。正如往常一样，他的扮丑，逗乐了粉丝，同时也将自己心里的诸多不良情绪释放了。直播半小时后，汪小白感觉到自己心里没有那么闷了，便停止了直播。

但是，等他再度一个人无所事事地躺在病床上时，那个神秘的问题又不请自来，开始在他的脑海中盘旋，挥之不去。为什么他会发高烧和昏迷呢？这简直是个世纪之谜，又简直是通往一个谜语群的首席谜语，令汪小白的思绪欲罢不能。

汪小白几乎是惊恐万状地办了出院手续，离开了医院。就仿佛，这个充满秘密的问题，是被绑定在医院里的，只要出院，他就摆脱了这个问题。

他当然是想当然了。一个人的思想附载于这个人的身体内部，怎么可能因为他逃离一个物理意义上的场所而离开他本人呢？不可能。就这样，汪小白带着这个问题，以及这个问题背后隐藏的诸多问题，离开医院走在大街上了。他去了一个酒吧。往常他是个讨厌泡吧的人。这次他喝了不少的酒。原以为，喝着喝着，脑子里面那个提问的声音会消失，却是反过来的，他喝得越多，提问声越大，令他的脑血管痉挛得都要炸开了。

汪小白醉醺醺地逃离了酒吧。这是深夜，他的头疼得要命，不知道该往哪里走。为什么他突然变成了一个如此困惑的人呢？从来都没有像现在这样，被困惑席卷得如此深入和持久。汪小白沿着深夜的街道往前走，一直走，走啊走，从深夜走到天光微明。他突然觉得自己想明白那个神秘的问题了，为什么他会突然发高烧和昏迷？很简单啊，那天，汪蓟钊和艾贷贷那一番舌战所揭发出的他们背后的秘密，令他震惊，令他意外，它彻底把他击蒙了。他感觉自己在复杂的生活和看似简单的每一个人面前，就是一个十足的傻子。他刚揭开了一层秘密，以后一切都真相大白了，却发现后面还有秘密，等揭开第二层秘密，却发现还有第三层、第四层……就像宇宙，太阳系外有银河系，银河系外还有宇宙，宇宙之外还有……简直是无穷无尽。

照此逻辑，他前方一定还有尚待揭开的秘密，是这样的吗？汪小白被这种前景吓到了，以他凡事不愿深想的个性、他因生理原因凡事不便深想的事实，他如何能够去面对应接不暇的生活中层层叠叠的秘密？他感觉自己没有这个能力，除非他改掉自己当前的性格。他才不愿意改呢，一个人要改掉自己习以为常的性格，那真是太难了。

可是，如果不改，那还能像以前一样，把自己搞得很天真很天真地生活下去吗？他对此没有信心。

汪小白是因为失去信心而对未来充满了恐惧，因而发了高烧和昏厥了。他是被吓成这样的呢，真没用。

汪小白看着天空中越来越明晰的晨曦，向一个寺庙走去。两岁到十九岁在泰国生活的那十七年里，每当受不了汪蓟钊的嘲讽和训斥，汪小白就会躲到寺庙里。在那里住几天，回来后他就平静多了。再面对汪蓟钊，他就有能力忍受汪蓟钊一些。现在，汪小白想看看这个老办法能不能像以前那样奏效。

汪小白在寺庙里住了几天，就离开了曼谷回到了中国那座他所热爱的城市。从小用惯的办法，现在还是能奏效的，离开寺庙后，汪小白又回到了自己。

像七年前那次一样，汪小白依然是对汪蓟钊不告而别。有什么必要向他告别呢？汪小白比以前更讨厌、反感、排斥汪蓟钊了。他又不像艾家那些男人那么弱，他是个强悍的男人，他什么都能搞好，汪小白无须像艾贷贷担心艾家那些男人一样，担心汪蓟钊。他可以放心大胆地放任自己对汪蓟钊的讨厌、反感、排斥，离开汪蓟钊，做好永不见他的打算。

回到这个中国西南地区著名的大都市的第一天，汪小白就给艾贷贷打去了一个电话。他想约她出来，谈一谈。在曼谷，那天她愤而离去的时候，他没有为她送行，她离开曼谷的这几天里，他因为脑子没有厘清一些事情，没有联络过她，他们之间的这些表现，怎么说都摆脱不了嫌隙的嫌疑。他们得冰释前嫌。所需要的方法，是汪小白和艾贷贷面对面地再次把她与汪蓟钊合作这件事情说得再清楚一点、再细致一点。说过了，就过去了。就好比说，汪小白只是需要这个过场。其实，他内心里面是对艾贷贷深信不疑的。

汪小白内心里的深信不疑，却立即遭到了致命一击：艾贷贷又把他的微信、电话全部拉黑了。

2

不能想象，接下来的半年，汪小白就这样与艾贷贷彻底失去

239

联络了。

这半年里，汪小白的生活似乎越来越正常，他照常在幼儿园上课，照样是同事们说笑的对象，在直播软件里，他照样是一个竭尽全力用各种方式取悦粉丝的人，那个开一家泰餐厅的梦想还在，甚至，那个前夫群，依然还是早先的状态。在那里，赫炜还是那个喋喋不休独自吐槽前妻的伪富二代、伪富豪，在他心里，他的真实面目、半年前她对艾贷贷所做的一切，群里的另外两位前夫完全不知情？

汪小白还是会想起艾贷贷，还是会给她打电话，尽管每次拨完她的号码他知道紧接着他所听到的是他被她电话拉黑的提示音。只是，汪小白想起艾贷贷的次数，越来越少了，他给她打电话的次数，也越来越少了。离跟艾贷贷失去联络快到半年时，有一天，汪小白发现自己已经一个月没给艾贷贷拨打电话了，已经有十多天根本没有想到过她了。这个发现，令汪小白惊讶和惭愧。

失去了彻底摆脱艾家人的办法，回国后的艾贷贷怎么解决那个半年前令她痛不欲生的问题的呢？她还是会像半年前那样把摆脱艾家人当成一种人生必须吗？如果她改掉了这个主意，那么这半年里，她又是如何面对艾家人的呢？她出于内心里根深蒂固的对他们的关心，重新去找他们没？抑或是，她找到了别的办法，可以既不让自己的生活受到艾家人的干扰，但同时又能实质性地予以他们关心和帮助？

汪小白感到一种悲凉。悲凉是因为，以前，艾贷贷这些在汪小白看来眼下必然面临的问题，在汪小白这儿，同样是他要去面临的问题。但是这半年里，这些问题跟他毫无关系了。汪小白现在觉得，人与人的关系真是虚无。

距离艾贷贷彻底与汪小白失联的半年后，一天晚上，汪小白正准备上床睡觉，忽然手机里的前夫群出现了令他惊愕的新情况：一度，赫炜所期待的"老四"出现了。

没错！有一个人加入了原本三人的前夫群。他是被群主赫炜拉进来的。按道理，显然是艾贷贷的最新前夫了。

"给大家介绍一位新兄弟，我们的老四。"赫炜发出一个语音条。"老四！我向你介绍一下另外两位兄弟，他们分别是老二毕战群——老毕，老三汪小白——小汪。你来跟老二、老三打个招呼吧。"

被唤作"老四"的微信群新成员，这位新前夫，这个账号，过了好几分钟，还是没有发信息或语音条回应赫炜。赫炜等得不耐烦了，催促起来。

"老四！打个招呼啊！你说你进来后一声不吭的，搞得我心里面有点发虚。"

还是不回复。接下来的几天里，赫炜多次盛情邀请这名新成员发言，但得到的回应无一例外是沉默。

"老四！你是人是鬼，吭个声不行吗?"赫炜斥责起来。

依然无法令其发声。一怒之下，赫炜将其踢出了群。但是刚踢出去，汪小白这边又发现赫炜重新把他加上了。

"没办法，我把他踢出去，他马上要申请入群。我只好把他

241

加上了。再说了，他越神秘，我越想弄清楚他是怎么回事，就更加不可能不把他加上了。"

赫炜说这个话的时候，他和汪小白坐在一家烧烤店里。这是夜晚。是赫炜约汪小白出来的，他要向汪小白解释一下这位"老四"。赫炜也会向毕战群解释，等毕战群来此地出差的时候，如果他最近不来出差，赫炜打算直接给他打电话解释。

"是他自己找上门来的。几天前，他加我的微信，自报家门，说他是艾贷贷的前夫，刚跟艾贷贷离婚。"赫炜解释道，"我当时还有点兴奋呢，这女的果真不负众望啊，果然在我预想的时间范围里又离婚了。可是，等我加了这人，他却从来不发言——就正如你和老毕看到的那样。"

赫炜拿出手机，向汪小白展示"老四"的朋友圈。

"他的朋友圈，是屏蔽我的。你说，这人是怎么回事啊？他真的是老四吗？"

汪小白感到自己受到了惊吓。是的，是惊吓。他惊恐万状地看着这所谓"老四"的头像及其下一条横杠后的空白。

"你怎么了？"赫炜看着汪小白突然变得惨白的脸，"要不，你加一下他的微信试试？"

汪小白依了赫炜，木讷地向此人的账号发出申请添加好友的请求，然而，过了许久，他都没有得到通过添加的通知。汪小白依赫炜的要求，又再添加了三次，依然没有被对方通过添加。汪小白感觉自己心里的惊吓更甚了。

"怎么回事呢这人？"赫炜忽然发现汪小白的脸白得更甚了，

"你怎么了？不舒服吗？"

汪小白神经质般地跳起来，走了。回到住处，他把头蒙进被子里，不敢伸出来看外面黑漆漆的房间。他深深地感受到那种惊吓。它们盘踞在他身体里，像一条蛇，散发出冰冷的气息，令他胆寒。

这个添加到微信群的新人，他到底是谁？真的是艾贷贷的新前夫吗？

他有没有可能，是艾贷贷本人？

有没有可能，是赫炜的另一个账号？

甚至是毕战群的另一个账号？

难道没有可能，他是汪蓟钊吗？

总之，他绝不可能真的是一个虚拟的人，他一定是一个真实存在的人。

汪小白被想象中的各种各样的、神乎其神的可能吓到了。他被这些想象吓到，是因为他觉得这些可能性的背后，都是 层层待剥离的重壳。他被剥离那么多重壳所一定需要的智力、体力、耐力吓到。他没有能力给出这么多的智力、体力、耐力。如果接下来的生活一定需要那么多的智力、体力、耐力才能应付，他宁愿把自己关进被窝儿里，不出声，不吃饭，不外出，直到自己自然而然地死去。

为什么他会被吓得如此恐惧呢？是因为，在经受了半年前的那一个来月堪称考验的经历之后，现在他对上当受骗这件事情已草木皆兵，像当下绝大多数的国人一样，现在的他时常提防着被骗，对一切新情况都抱以足够的警惕。

眼下这个沉默不语却又坚决地将自己的触须伸入汪小白生活中的"老四"，他眼下的一切表现，以及半年前汪小白的那场经历，让汪小白坚定地认为，这是一场骗局的序幕。

可是，这人的沉默、他加入前夫群的坚定，与想象中的骗局之间，有什么样的逻辑联系？以汪小白的智商，他完全找不到此间任何一丝逻辑。

最可怕的骗局就是，你找不到线索破解它，但你深深相信这就是骗局。

汪小白彻底丧失了自信。这种丧失在他身体里演进的过程中，他一度听到自己在呐喊：不要啊！然而，呐喊声最终还是被无穷尽的慌张吞噬了。紧随的，是炸裂感般的一次头痛发作。这一次，汪小白觉得自己可能挨不过去了。要么是痛死，要么是直面这痛直到它升华成另一种感受。

3

汪小白戴一个红色的假发套，大红的嘴唇，脸上打着厚厚的粉底，黑色蕾丝打底纱裙外面披了一件乳白色薄纱中长外套，肩上斜背一只复古链条小方包。这一身行头的汪小白走路还自带舞蹈动作，眼波自然流转，间或用夸张的手势和表情向路人打招呼。

"嗨！你好！"

或者："嗨！你好吗？"

又或者："哎哟！好久没有看到过你了哟，你死哪里去了呀？"

去年有一部电视剧曾引起人们广泛热议，里面女主角妈妈的性格和扮相特别受观众喜爱，扮演者功力非凡，还因这个角色获了行业内大奖。汪小白很喜欢这个角色，也喜欢这位演员。今天，他扮演的正是这个眼下热度尚未过去的角色，或这位演员。

所不同的是，往常，汪小白只是在直播软件上扮扮，今天，他第一次扮成她上街了。这对汪小白来说，是一次十分难得又惊险的体验。起先，他十分紧张。他刚走出门，就有一个老头儿盯着他看，目光特别瘆人。汪小白当时想，坏了，一定是被这老头儿发现他是男扮女装了，老头儿该不会把他当成异装癖痛揍他一顿吧？但是，很快汪小白看到这老头儿的目光变得温柔起来。

"你刚住进来吗？怎么以前没见过你呢？"

赤裸裸的搭讪！

汪小白信心大增。走出自己的小区，走上马路，走进商场，他的表演越来越自如。在此期间，他多少发现有人识破了他，但更多的人是被他所扮演角色的"耀眼"所吸引，向他投来的关注的目光，多半是出于欣赏。

一个人寄居在另一个角色里，进入最广阔的视野，原来是这样一种感受。爽！汪小白由此感受到了一种从未有过的自信。他突然有点明白为什么表演可以变成世人的一种自然而然的反应了，因为表演可能带来巨大的效益，比如自信心。想到这里，汪小白内心被一种悲伤的情绪笼罩。不过，这种情绪很快因为周围人欣赏的目光而消遁了。

汪小白藏在自己的角色里，飘逸地向前走去。前面是这座城市最大的广场，今天，一家著名直播平台要在这儿举行一次千人直播大赛。汪小白扮成这样，就是为此而来。从家中来到这广场，包括步行和坐车的时间，加起来大概有半个小时，这段时间，就算是汪小白的彩排。现在，来到广场边缘的汪小白已经把自己今天所扮演的角色成功彩排了多次，他发现自己已经与角色融为一体了，可以不用想着表演这件事情，就能成为那个角色了。汪小白一阵激动，将目光高高地对准广场中央。这是一个可以容纳上万人的广场，此刻广场上挤满了人，乌泱泱的一大片。看来今天自发前来参加直播大赛的，何止千人。哇！千人大赛变成万人大赛了，这真的是一个人人爱表演同时又充斥了表演机会的时代啊。是人之幸，也是人之不幸。广场边维持秩序的警察已经开始控制人员进入。汪小白加快步子，不顾警察的阻拦闯进了广场。

现在，汪小白的身边全部是寄居在今天他们所要扮演的角色里的人了，这是一种怪诞的氛围。置身于这种怪诞的氛围之中，汪小白反而感到舒服和自如。他想，这段时间他所经历的事，对他来说，可以说是一次锤炼，让他的演技已经变得炉火纯青了。他一定可以在今天的直播大赛中大放异彩、拔得头筹，等着瞧吧！

如果他今天真的夺得了冠军，他说不定会找一个时间扮成艾贷贷的样子到街上转转，他要好好体会一下，成为艾贷贷到底是什么感觉，说不定体会着体会着他心里就能找到艾贷贷的真相了。

广场西侧一栋大楼的楼体上镶嵌着这个城市最大的一块屏幕，此时它正在直播广场上万人表演的盛况。不知藏在何处的摄像头到处捕捉着优秀的表演者，约莫半小时后，汪小白看到自己的脸出现在了大屏幕上。他受到激励，更加卖力地表演起来。他的表演得到了进一步的肯定：大屏幕上他的脸被定格了。旁边有人对照大屏幕的人，发现正是身边的汪小白，向他靠近。更多的人向汪小白靠近。无疑，人们都试图让自己的脸出现在大屏幕上。那么多人往自己身上挤，汪小白都快要窒息了。不仅如此，他的假发被挤掉了，他脸上的妆容被挤花了，有个人甚至趁乱伸进他的衣服里，拽掉了他的假乳房。大屏幕上汪小白的样子变得狼狈不堪。他捂住头脸，推搡着身边的人，试图从这一团肉盾中离开。这得多难啊！他的慌张令人们更乐于把他往死里挤。大屏幕上的汪小白不见了。他看着大屏幕上别人的脸，感受着来自周围越来越猛烈的挤压，一种莫可名状的恐惧袭击了他。这时，人们同时四散离开。显然，聚集是否发生，取决于能否被大屏幕展示。已经被大屏幕抛弃的汪小白，理所当然再也无法成为聚集的召唤力。恐惧迅速远离了汪小白，他像是瞬间甩掉了身上成千上万的鳞片的一尾鱼，有种赤身裸体在水里自在游动的感觉。他长舒了一口气，低头寻找丢失的发套。此刻，它正被前方数米处的一只脚踩着。汪小白飞快地向那只脚跑去。正要跑到那儿的时候，一只手抢走了发套。

汪小白的目光顺着那只捡拾发套的手向上移动，最终看到的是艾贷贷的脸。

"……这么长时间，你去哪儿了？"

与他在脑中预演过的任何情形不同——没有愤懑，没有责备，没有厌恶，没有冷战，没有警惕，有的只是失而复得的惊喜所带来的满心的温柔。汪小白听到自己的声音柔和得像被上帝亲手整理过的丝绒。这与想象如此不符的声音，让汪小白清晰地体悟到：那种懒得追问真相的能力，重返他的身体了。这是好事，还是坏事？

管不了那么多了，汪小白觉得，当下，他只需要遵从自己的感觉就好。如果这个世界什么都靠不住，那就自然而然地听从那一声声来自身体内部的召唤。

"我可以向你解释清楚的，小白！重要的是，你要相信我能解释清楚。"

艾贷贷的声音向汪小白飘来。这轻柔的声音此时在汪小白听来却是如此掷地有声。汪小白看着艾贷贷的脸，觉得近在咫尺的她从未像现在这样真实过——她始终在线的美貌是真实的，她欲言又止的表情是真实的，她渴望投入他怀抱的眼神是真实的。汪小白冲过去抱住艾贷贷，感觉她更加真实了。艾贷贷有力地回抱汪小白。他们如同两个刚刚获得肉身的人，像是为了及时体会这肉身的珍贵，投入地亲吻起来。

"可以什么都不用解释，可以的……一定是可以的。"

汪小白听到自己在利用亲吻的间隙向艾贷贷絮叨。

广场上的表演依然如火如荼，到处都闹哄哄、乱糟糟的，汪小白从没像现在这样如此需要一个清静的所在。一个房间，两个相爱的人，寂静到仿佛世界就此静止的气氛，这是汪小白此刻最向往的人生三要素。一个平凡到像汪小白这样的人，对这个世界要求的原本并不多。谁又不是如汪小白一样平凡呢？

"我们回去吧！"

汪小白拉起艾贷贷就跑。

"回哪儿？"他们跑动的间隙，艾贷贷提醒他。

是回此时汪小白尚不知道的艾贷贷的栖身处，还是他租住的地方，这难道不是一个需要先弄清楚的问题吗？不！并不需要弄清楚。至少，汪小白此刻是这么想的。

"回到一个不需要思考的地方！"

汪小白听到自己用很抒情的腔调回答艾贷贷。

艾贷贷被汪小白的矫情逗得大笑起来。于是，这些时日发生在他们之间的诸多风波，仿佛变成了两个成年人之间一次心照不宣的游戏，可以当作未曾真的发生过。